高等学校教材

计算机科学与技术

数字图像处理
——教学指导与习题解答

李俊山　胡双演　史德琴　编著

清华大学出版社

北京

内 容 简 介

本书是与清华大学出版社出版的《数字图像处理》(李俊山，李旭辉编著)一书配套的辅助教材，主要内容为绪论、数字图像处理基础、图像变换、图像增强、图像恢复、图像压缩编码、图像分割及特征提取、形态学图像处理、彩色与多光谱图像处理、目标表示与描述等10章的教学指导和习题解答。教学指导部分对有关内容进行了进一步的梳理和补充说明，对重点内容进行了进一步的讲解。习题解答部分详细地给出了与各类练习题要求相适应的解答、证明或程序代码及实验结果。部分章节中还给出了与该章内容及算法配套的图像程序实例，对于学生综合理解全书内容具有重要的作用。

本书内容重点突出、分析透彻、针对性强，具有以练促理解、以练促掌握、以练提高能力的综合效用。

本书可作为高等院校电子工程、通信工程、信号与信息处理、模式识别与智能系统、生物医学工程、信息工程、计算机科学与技术、遥感等专业数字图像处理课程的配套教材和考研辅导书，同时可供从事上述学科及军事侦察、地理信息系统、机器人等相关领域的高等院校师生和科技工作人员参考。

图书在版编目(CIP)数据

数字图像处理：教学指导与习题解答/李俊山，胡双演，史德琴编著. —北京：清华大学出版社，2009.8

(高等学校教材·计算机科学与技术)

ISBN 978-7-302-19667-9

Ⅰ. 数…　Ⅱ. ①李…　②胡…　③史…　Ⅲ. 数字图像处理－高等学校－教学参考资料　Ⅳ. TN911.73

中国版本图书馆 CIP 数据核字(2009)第 031385 号

责任编辑：丁　岭　李玮琪
责任校对：李建庄
责任印制：杨　艳

出版发行：清华大学出版社　　　　　　　　　地　　址：北京清华大学学研大厦 A 座
　　　　　http://www.tup.com.cn　　　　　　邮　　编：100084
社　总　机：010-62770175　　　　　　　　　邮　　购：010-62786544
投稿与读者服务：010-62776969，c-service@tup.tsinghua.edu.cn
质量反馈：010-62772015，zhiliang@tup.tsinghua.edu.cn
印刷者：北京市昌平环球印刷厂
装订者：北京国马印刷厂
经　　销：全国新华书店
开　　本：185×260　印　张：10.25　字　数：245 千字
版　　次：2009 年 8 月第 1 版　　印　次：2009 年 8 月第 1 次印刷
印　　数：1～2000
定　　价：17.00 元

编审委员会成员

（按地区排序）

南京邮电学院	朱秀昌	教授
苏州大学	龚声蓉	教授
江苏大学	宋余庆	教授
武汉大学	何炎祥	教授
华中科技大学	刘乐善	教授
中南财经政法大学	刘腾红	教授
华中师范大学	王林平	副教授
	魏开平	副教授
	叶俊民	教授
国防科技大学	赵克佳	教授
	肖侬	副教授
中南大学	陈松乔	教授
	刘卫国	教授
湖南大学	林亚平	教授
	邹北骥	教授
西安交通大学	沈钧毅	教授
	齐勇	教授
长安大学	巨永峰	教授
西安石油学院	方明	教授
西安邮电学院	陈莉君	教授
哈尔滨工业大学	郭茂祖	教授
吉林大学	徐一平	教授
	毕强	教授
长春工程学院	沙胜贤	教授
山东大学	孟祥旭	教授
	郝兴伟	教授
山东科技大学	郑永果	教授
中山大学	潘小轰	教授
厦门大学	冯少荣	教授
福州大学	林世平	副教授
云南大学	刘惟一	教授
重庆邮电学院	王国胤	教授
西南交通大学	杨燕	副教授

出版说明

改革开放以来，特别是党的十五大以来，我国教育事业取得了举世瞩目的辉煌成就，高等教育实现了历史性的跨越，已由精英教育阶段进入国际公认的大众化教育阶段。在质量不断提高的基础上，高等教育规模取得如此快速的发展，创造了世界教育发展史上的奇迹。当前，教育工作既面临着千载难逢的良好机遇，同时也面临着前所未有的严峻挑战。社会不断增长的高等教育需求同教育供给特别是优质教育供给不足的矛盾，是现阶段教育发展面临的基本矛盾。

教育部一直十分重视高等教育质量工作。2001 年 8 月，教育部下发了《关于加强高等学校本科教学工作，提高教学质量的若干意见》，提出了十二条加强本科教学工作提高教学质量的措施和意见。2003 年 6 月和 2004 年 2 月，教育部分别下发了《关于启动高等学校教学质量与教学改革工程精品课程建设工作的通知》和《教育部实施精品课程建设提高高校教学质量和人才培养质量》文件，指出"高等学校教学质量和教学改革工程"是教育部正在制定的《2003—2007 年教育振兴行动计划》的重要组成部分，精品课程建设是"质量工程"的重要内容之一。教育部计划用五年时间（2003—2007 年）建设 1500 门国家级精品课程，利用现代化的教育信息技术手段将精品课程的相关内容上网并免费开放，以实现优质教学资源共享，提高高等学校教学质量和人才培养质量。

为了深入贯彻落实教育部《关于加强高等学校本科教学工作，提高教学质量的若干意见》精神，紧密配合教育部已经启动的"高等学校教学质量与教学改革工程精品课程建设工作"，在有关专家、教授的倡议和有关部门的大力支持下，我们组织并成立了"清华大学出版社教材编审委员会"（以下简称"编委会"），旨在配合教育部制定精品课程教材的出版规划，讨论并实施精品课程教材的编写与出版工作。"编委会"成员皆来自全国各类高等学校教学与科研第一线的骨干教师，其中许多教师为各校相关院、系主管教学的院长或系主任。

按照教育部的要求，"编委会"一致认为，精品课程的建设工作从开始就要坚持高标准、严要求，处于一个比较高的起点上；精品课程教材应该能够反映各高校教学改革与课程建设的需要，要有特色风格、有创新性（新体系、新内容、新手段、新思路，教材的内容体系有较高的科学创新、技术创新和理念创新的含量）、先进性（对原有的学科体系有实质性的改革和发展、顺应并符合新世纪教学发展的规律、代表并引领课程发展的趋势和方向）、示范性（教材所体现的课程体系具有较广泛的辐射性和示范性）和一定的前瞻性。教材由个人申报或各校推荐(通过所在高校的"编委会"成员推荐),经"编委会"认真评审,最后由清华大学出版社审定出版。

目前,针对计算机类和电子信息类相关专业成立了两个"编委会",即"清华大学出版社计算机教材编审委员会"和"清华大学出版社电子信息教材编审委员会"。首批推出的特色精品教材包括:

(1) 高等学校教材·计算机应用——高等学校各类专业,特别是非计算机专业的计算机应用类教材。

(2) 高等学校教材·计算机科学与技术——高等学校计算机相关专业的教材。

(3) 高等学校教材·电子信息——高等学校电子信息相关专业的教材。

(4) 高等学校教材·软件工程——高等学校软件工程相关专业的教材。

(5) 高等学校教材·信息管理与信息系统。

(6) 高等学校教材·财经管理与计算机应用。

清华大学出版社经过 20 多年的努力,在教材尤其是计算机和电子信息类专业教材出版方面树立了权威品牌,为我国的高等教育事业做出了重要贡献。清华版教材形成了技术准确、内容严谨的独特风格,这种风格将延续并反映在特色精品教材的建设中。

清华大学出版社教材编审委员会

E-mail:dingl@tup.tsinghua.edu.cn

前　言

"**数**字图像处理"是电子工程、通信工程、信号处理、模式识别与智能系统、生物医学工程、信息工程、计算机科学与技术、遥感等专业中的一门既具有很强的理论性，又具有较强实践性的专业基础课。因此，加强理论学习的系统性、注重内容理解上的综合性、增强课程实践训练的针对性、提高图像处理应用编程的速成性，是"数字图像处理"课程学习中应较好解决的问题，也是编写本书的宗旨。

　　本书的各章与《数字图像处理》(李俊山、李旭辉编著，清华大学出版社出版，2007年4月)一书(为了表述上的方便，在本书中将其称为"主教材")中的各章相对应。在教学指导部分对有关内容进行了进一步的梳理和补充说明，或对该章内容进行了进一步的讲解；在习题解答部分，详细地给出了与各类练习题要求相适应的解答、证明或程序代码及实验结果。部分章节中还给出了与该章内容及算法配套的图像程序实例。本书不仅对学生在数字图像处理课程的复习和提高方面会起到指导和促进作用，而且还可作为从事数字图像处理课程教学的教师的教辅参考书。

　　本书可作为《数字图像处理》一书的配套辅助教材，具有以练促理解、以练促掌握、以练提高能力的综合效用。由于其文字组织上的独立性，本书也可用作学习图像处理技术人员的自学参考书，还可用于其他数字图像处理教材的辅助教材。

　　在本书的编写过程中，樊少云、孙李辉、孙登会、隋中山等硕士和李旭辉、杨威等博士参与了部分图像处理程序的编写验证及部分习题的解答和完善。此外，书中还引用了一些文献的思想和表述，并吸取了一些教师在教学中的反馈意见，在此一并表示衷心的感谢。

　　由于作者学识有限，书中难免有不当之处，敬请广大读者和专家不吝批评、指正。

李俊山

2009年元旦于第二炮兵工程学院

E-mail:lijunshan403@163.com

目 录

第1章　绪论 …………………………………………………………………… 1

1.1　内容解析 ………………………………………………………………… 1

1.2　习题 1 解答 ……………………………………………………………… 1

第2章　数字图像处理基础 …………………………………………………… 4

2.1　内容解析 ………………………………………………………………… 4

2.1.1　图像的表示 ……………………………………………………… 4

2.1.2　图像的视觉特性 ………………………………………………… 5

2.1.3　图像的分辨率 …………………………………………………… 5

2.1.4　图像的灰度直方图及其特征 …………………………………… 6

2.1.5　图像的显示与图像的文件格式 ………………………………… 7

2.2　习题 2 解答 ……………………………………………………………… 8

2.3　图像显示程序 …………………………………………………………… 13

第3章　图像变换 ……………………………………………………………… 33

3.1　内容解析 ………………………………………………………………… 33

3.1.1　离散傅里叶变换 ………………………………………………… 33

3.1.2　离散余弦变换 …………………………………………………… 35

3.1.3　小波变换 ………………………………………………………… 35

3.2　习题 3 解答 ……………………………………………………………… 37

第4章　图像增强 ……………………………………………………………… 42

4.1　内容解析 ………………………………………………………………… 42

4.1.1　空间域图像增强方法 …………………………………………… 42

4.1.2　直方图均衡化方法分析 ………………………………………… 42

4.1.3　卷积与相关 ……………………………………………………… 44

4.2 习题 4 解答 ·· 44

4.3 图像增强处理程序 ·· 50

第 5 章 图像恢复 ··· 66

5.1 内容解析 ·· 66

5.1.1 传统意义上的退化图像恢复问题 ················ 66

5.1.2 图像失真的校正 ·································· 67

5.1.3 被噪声污染图像的恢复 ·························· 67

5.2 习题 5 解答 ·· 67

第 6 章 图像压缩编码 ·· 71

6.1 内容解析 ·· 71

6.1.1 图像编码方法 ···································· 71

6.1.2 嵌入式编码方法的图像传输特性 ················ 72

6.1.3 正交变换与量化后系数的编排顺序 ·············· 72

6.1.4 峰值信噪比 ······································ 74

6.2 习题 6 解答 ·· 75

6.3 图像编码程序 ·· 88

第 7 章 图像分割及特征提取 ···································· 95

7.1 内容解析 ·· 95

7.1.1 图像分割方法 ···································· 95

7.1.2 图像分割评价 ···································· 96

7.2 习题 7 解答 ·· 96

第 8 章 形态学图像处理 ·· 103

8.1 内容解析 ·· 103

8.1.1 数学形态学图像处理方法的基本思想 ············ 103

8.1.2 形态学图像处理方法中的有关问题 ·············· 103

8.2 习题 8 解答 ·· 104

第 9 章 彩色与多光谱图像处理 ·································· 120

9.1 内容解析 ·· 120

9.1.1 彩色模型及应用 ·································· 120

9.1.2 真彩色、伪彩色及假彩色 ························ 122

9.1.3 彩色图像分割 ···································· 124

9.2 习题 9 解答 ·· 124

第 10 章　目标表示与描述 ·· 136

　　10.1　内容解析 ··· 136

　　　　10.1.1　边界表示与边界描述的有关问题 ····················· 136

　　　　10.1.2　基于统计方法的图像纹理描述 ······················· 136

　　10.2　习题 10 解答 ··· 138

参考文献 ·· 148

## 第1章

绪　　论

本章介绍了数字图像处理的基本概念和数字图像处理系统的组成,给出了图像处理技术研究的基本内容和基本思路,并通过对图像处理技术在国民经济、军事和国防建设等领域广泛应用的介绍,说明学习和掌握图像处理技术的重要性。

1.1　内　容　解　析

本章的学习要点如下:

(1) 掌握数字图像处理的相关概念,重点是狭义的图像处理与图像分析的区别与联系。除主教材内容外,下面的习题解答实际上给出了系统的归纳和总结。

(2) 建立数字图像处理系统的整机概念。同时应特别关注图像感知与获取的概念及其所隐喻的广泛技术领域。

(3) 从图像处理技术研究的内容与图像处理技术广泛应用的结合上,激发学习数字图像处理这门课程的激情和兴趣。

需要注意的问题是,图像处理与图像分析的区别及联系是从狭义的图像处理观点出发给出的。本书最终给出的图像处理概念应是广义的。即图像处理不仅包括了输入和输出都是图像的低级处理,而且也包括了输入是图像,输出是对输入图像的描述这样的高一级处理。

1.2　习题 1 解答

1.1 解释下列术语。

(1) 图像:是指用各种观测系统以不同形式和手段观测客观世界而获得的、可以直接或间接作用于人的视觉系统而产生的视知觉的实体。

(2) 数字图像:为了便于用计算机对图像进行处理,通过将二维连续(模拟)图像在空间上离散化,也即采样,并同时将二维连续图像的幅值等间隔地划分成多个等级(层次),也即均匀量化,以此来用二维数字阵列表示其中各个像素的空间位置和每个像素的灰度级数(灰度值)的图像形式称为数字图像。

(3) 图像处理:是指对图像信息进行加工以满足人的视觉或应用需求的行为。

（4）数字图像处理：是指利用计算机技术或其他数字技术，对图像信息进行某些数学运算及各种加工处理，以改善图像的视觉效果和提高图像实用性的技术。

（5）图像分析：通过对图像中不同对象进行分割来对图像中目标进行分类和识别的技术。

（6）图像感知与获取：是指将景物转换成计算机可以接受的数字图像的过程。

1.2 图像处理的基本特征是什么？

答：系统的输入和输出都是图像是图像处理的基本特征。

1.3 图像分析的基本特征是什么？

答：当系统的输入是图像，输出是对输入图像中的某些特征进行描述的信息时，该系统即为图像分析系统。系统的输入是图像，输出是对输入图像的描述信息即看做是图像分析的基本特征。

1.4 图像分析的目的是什么？

答：是缩减对图像的描述，以使其更适合于计算机处理及对不同目标的分类。

1.5 请简述图像处理低级阶段与图像处理高级阶段的关系。

答：图像的低级处理阶段和高一级的处理阶段是相互关联和有一定重叠性的。图像的低级处理是高一级处理的基础，如果没有诸如去除图像噪声、图像增强等这样的图像低级处理过程，就难以从图像中提取有意义的目标信息。进一步讲，要对图像进行高一级的处理，必须先对图像进行预处理（低级处理）。图像的高一级处理是数字图像处理与分析的目的，因为只有高一级的处理才能推动图像技术在国民经济众多领域的应用，才能体现数字图像处理技术的真正价值。

1.6 在数字技术高度发展的今天，一个数字图像处理系统主要由哪几部分组成？各部分的功用是什么？

答：主要由图像获取设备、专用图像处理设备或装配有图像处理软件的计算机、图像输出设备等组成。图像获取设备可以是图像数字扫描仪、数码摄像机等。图像输出设备可以是显示图像的显示器、进行图像打印输出的打印机、记录图像信息的存储设备等。

1.7 数字图像处理技术研究的基本内容包括哪些？

答：包括图像变换、图像增强、图像恢复、图像压缩编码、图像特征提取、形态学图像处理方法等。彩色图像、多光谱图像和高光谱图像的处理技术沿用了前述的基本图像处理技术，也发展出了一些特有的图像处理技术和方法。

1.8 简述研究图像增强的基本思路。

答：基本思路是，或简单地突出图像中感兴趣的特征，或想方设法显现图像中那些模糊了的细节，以使图像更清晰地被显示或更适合于人或机器的处理与分析。

1.9 简述研究图像恢复的基本思路。

答：基本思路是，从图像退化的数学或概率模型出发，研究改进图像的外观，从而使恢复以后的图像尽可能地反映原始图像的本来面目，从而获得与景物真实面貌相像的图像。

1.10 简述研究图像压缩编码的基本思路。

答：基本思路是，在不损失图像质量（或以人的视觉为标准，或以处理应用的目的为标准）或少损失图像质量的前提下，尽可能地减少图像的存储量，以满足图像存储和实时传输的应用需求。

1.11 简述研究图像变换的基本思路。

答：基本思路是通过数学方法和图像变换算法对图像的某种变换，以便简化图像进一步处理的过程，或在进一步的图像处理中获得更好的处理效果。

1.12 简述研究图像分割的基本目的。

答：基本目的是找出便于区分和描述一幅图像中背景和目标的方法，以方便图像中感兴趣目标的提取和描述。

1.13 简述研究图像的表述和描述的目的。

答：基本目的是找出有意义的、符号化的、形式化的，对图像中的某些特征和目标进行定性和定量描述的方法，以便给识别出的目标赋予更规范化的描述和解释。

1.14 简述数字图像处理技术有哪些应用？

答：数字图像处理技术已经遍布国民经济、军事和国防建设的各个领域。典型的应用有天文和宇宙探测、气象预报、遥感应用、军事情报获取及目标识别、生物分析与医学诊断、图像与视频通信、工业生产、侦缉破案、考古等。

1.15 简述一个你所熟悉的图像处理的应用实例。

答：比如，医学上用 B 超检测仪对人体器官病变的检查和诊断。

第 2 章

数字图像处理基础

本章的目的是认识与感知图像,了解图像的基本视觉特性,为后续章节的学习奠定基础。

2.1 内容解析

下面从图像的表示、图像的视觉特性、图像的分辨率、图像的灰度直方图及其特征、图像的显示与图像的文件格式 6 个方面对本章内容进行总结和强调。

2.1.1 图像的表示

有关图像的表示要掌握以下几个学习要点。

1. 图像的灰度级概念

图像是光照射在景物上反射或透射的结果。由于反应不同物体表面的反射或投射能力的反射/投射系数的不同,照射到观察景物表面的光的总量与其反射或投射系数之积就构成了图像 $f(x,y)$ 在 (x,y) 处的灰度值,且灰度的取值范围一般表示成 $[0, L-1]$,其中 L 为灰度图像的灰度级。

2. 图像的二维表示与存储容量

设 $x \in [0, M-1], y \in [0, N-1], f \in [0, L-1]$,则一个 $M \times N$ 的数字图像 $f(x,y)$ 可表示为式(2-1)的形式

$$[f(x,y)] = \begin{bmatrix} f(0,0) & f(0,1) & \cdots & f(0,N-1) \\ f(1,0) & f(1,1) & \cdots & f(1,N-1) \\ \vdots & \vdots & \ddots & \vdots \\ f(M-1,0) & f(M-1,1) & \cdots & f(M-1,N-1) \end{bmatrix} \tag{2-1}$$

且一幅 $M \times N$ 的数字图像的存储容量的比特数为

$$B = M \times N \times k \tag{2-2}$$

显然,对于黑白或二值图像,一个字节可存储 8 个像素点;对于 16 灰度级图像,一个字节可

存储 2 个像素点；对于 256 灰度级图像，一个字节可存储 1 个像素点。读者应能根据图像的大小和灰度级计算出一幅图像的存储容量。

3. 数字图像的运算坐标系和显示坐标系

对于图像处理中的所有纯数学运算式来说，参照的都是数字图像的运算坐标系统（坐标的原点 O 位于图像的左下角，横轴为 x 轴，纵轴为 y 轴），而对于图像的显示和部分描述图像显示时的各像素之间关系的公式来说，参照的都是数字图像的显示坐标系统（坐标的原点 O 位于图像的左上角，纵坐标 x 表示图像像素阵列的行，横坐标 y 表示图像像素阵列的列）。

数字图像的运算坐标系和显示坐标系如图 2-1 所示。

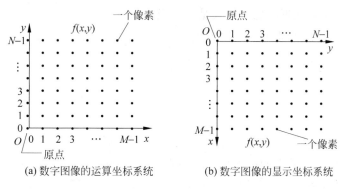

(a) 数字图像的运算坐标系统　　　　(b) 数字图像的显示坐标系统

图 2-1　数字图像的坐标表示

2.1.2　图像的视觉特性

主教材中主要从人眼的亮度视觉特性出发，给出了人眼观察图像时的同时对比效应、马赫带效应、视觉错觉等。目的是告诉读者，在进行以视觉为应用目的的有关图像处理应用中，应注意由于人的视觉特性对实际的图像显示效果的误评判。

2.1.3　图像的分辨率

图像分辨率是指成像系统重现不同尺寸景物的能力，包括空间分辨率和灰度级分辨率。

1. 图像的空间分辨率

图像的空间分辨率是图像中可辨别的最小细节，主要由采样间隔值决定。理论上定义为（水平和垂直两个方向上）单位距离内可分辨的最少黑白线对的数目。更具体来说，是用于说明图像系统能清楚成像的最小单元的物理尺寸。例如，说某卫星图像的分辨率为 $0.5\mathrm{m}$，是指在该卫星图像上可以分辨地面上尺寸为 $0.5\mathrm{m}^2$ 那样大的景物。

在通常的图像处理应用中，一般不会涉及图像的实际度量细节及其与地面景物尺寸的关系。所以一般简单地把图像的空间分辨率看做是一个用于量度位图图像内数据量多少的参数。更具体来说，图像的空间分辨率表示图像中每一个方向上的像素数量，也即一幅数字图像的位图阵列大小 $M \times N$，比如 1024×768 等。

2．图像的灰度级分辨率

图像的灰度级分辨率是指在灰度级别中可分辨的最小变化，通常把灰度级级数 L 称为图像的灰度级分辨率。

图像的灰度级分辨率的另一个更具特征的名称是图像的位分辨率。图像的位分辨率（Bit Resolution）又称位深，是用来衡量每个像素存储信息的位数。这种分辨率决定可以标记为多少种色彩等级的可能性。一般常见的有 8 位、16 位、24 位色彩。有时也将位分辨率称为颜色深度。所谓"位"，实际上是指 2 的平方次数，8 位即是 2 的 8 次方。所以一幅 8 位色彩深度的图像，所能表现的色彩等级是 256 级。

与图像的显示结合起来的另一个概念是显示分辨率。

3．显示分辨率

显示分辨率是指显示屏上能够显示的数字图像的最大像素行数和最大像素列数，取决于显示器上所能够显示的像素点之间的距离。

理解显示分辨率的另一个相同意义的概念是屏幕图像的精密度，是指显示器所能显示的点数的多少。由于屏幕上的线和面都是由点组成的，显示器可显示的点数越多，画面就越精细，同样的屏幕区域内能显示的信息也越多。可以把整个图像想象成是一个大型的棋盘，而分辨率的表示方式就是所有经线和纬线交叉点的数目。以分辨率为 1024×768 的屏幕来说，即每一条水平线上包含有 1024 个像素点，共有 768 条线，即扫描列数为 1024 列，行数为 768 行。显示分辨率不仅与显示器尺寸有关，还受显像管点距、视频带宽等因素的影响。

2.1.4 图像的灰度直方图及其特征

有关图像的灰度直方图主要有以下学习要点。

1．图像灰度直方图的概念

图像的灰度直方图是以图像的灰度级值为横坐标，以图像中取不同灰度级值的像素个数为纵坐标，用于描述一幅数字图像中的各像素在各级灰度级值上出现的个数的关系的函数。

对于灰度级为 $[0, L-1]$ 的数字图像，在第 k 级灰度值 r_k 上有 n_k 个像素的灰度直方图可表示为如下函数

$$h(r_k) = n_k, \quad r_k = 0, 1, 2, \cdots, L-1 \tag{2-3}$$

按照上述定义，当一幅较大的图像中只存在少数几个灰度级值时，图像的纵坐标的高度及比例就较难确定。因此一般用归一化的方法给出图像的灰度直方图。当一幅图像中的像素总数为 n 时，该图像的归一化灰度直方图定义为

$$P(r_k) = n_k/n, \quad r_k = 0, 1, 2, \cdots, L-1 \tag{2-4}$$

也即 $P(r_k)$ 表示一幅图像中灰度级为 r_k 的概率的估值。

2. 图像直方图表示的图像特征

(1) 当图像偏暗时,说明图像中大多数像素的灰度级取值比较小,因而灰度直方图就偏左。

(2) 当图像偏亮时,说明图像中大多数像素的灰度级取值比较大,因而灰度直方图就偏右。

(3) 当图像的直方图集中于某一个较窄的区域时,说明该图像的对比度较差,而与该直方图偏左或偏右无关。

(4) 当直方图的分布较均匀时,也即图像中的像素取了遍布于灰度区间 $[0, L-1]$ 中的绝大多数值时,图像的对比度就比较好。

(5) 直方图仅能描述图像中每个灰度级具有的像素个数,不能表示图像中每个像素的空间位置信息。

(6) 任意特定的图像都有唯一的直方图,不同的图像可以具有相同的直方图。

2.1.5 图像的显示与图像的文件格式

本部分主要有以下学习要点。

1. 显示分辨率和光度分辨率

图像的显示与图像的显示特性、硬件显示设备的性能等都有关系。其中涉及的两个主要概念是显示分辨率和光度分辨率。

(1) 显示分辨率

显示分辨率是指显示屏上能够显示的数字图像的最大像素行数和最大像素列数,取决于显示器上所能够显示的像素点之间的距离。

同一显示器显示的图像大小只与被显示的图像(阵列)大小有关,与显示器的显示分辨率无关。

(2) 光度分辨率

光度分辨率是指显示系统在每个像素位置产生正确的亮度或光密度的精度,部分地依赖于控制每个像素亮度的比特数。

2. 调色板

对调色板的直观理解就是它的另一个名称,即颜色查找表。以 256 色彩色图像为例,调色板就是把自然界中最常出现的 256 种颜色的 24 位真彩色值依次编号为 $0, 1, 2, \cdots, 255$;并建立这些编号与其实际代表的 24 位真彩色值的对应关系的表格,从而可用位数比较少的 $0 \sim 255$ 分别找到相应的 24 位真彩色值。

3. 图像文件格式与图像的显示

数字图像的存储格式用各具特色的图像文件格式实现,因而图像显示程序的编写必须以图像文件格式为依据进行。因此理解图像文件格式的意义,掌握一种或多种图像文件格式,对于图像显示程序和图像处理程序的编写是十分重要的。

2.2　习题 2 解答

2.1　解释下列术语。

(1) 单色光:仅有单一波长成分的光。

(2) 复合光:含有两种以上波长成分的光。

(3) 消色光:是指没有色彩的光。黑白电视机的光就是消色光,所以消色指白色、黑色和各种深浅程度不同的灰色。

(4) 亮适应性:当人从暗的环境突然进入亮的环境时,需要一定的时间(尽管很短)恢复对周围环境的视觉,人眼的这种对从暗突变到亮环境的适应能力或滞后恢复对周围环境视觉的现象称为亮适应性。

(5) 视觉惰性:人眼从亮处突变到暗环境时,需要大约十几秒钟到三十秒钟才能恢复对周围环境的视觉,称为暗适应性。同样,当人从暗的环境突然进入亮的环境时,人眼也需要一个适应过程,称为亮适应性。人眼对亮度变化跟踪滞后的这种性质称为视觉惰性。

(6) 同时对比效应:人眼对某个区域的亮度感觉并不仅仅取决于该区域的强度,也与该区域的背景亮度或周围的亮度有关的特性相关。

(7) 视觉错觉:人眼填充了不存在的信息或者错误地感知物体的几何特点的特性。

(8) 亮度:是指消色光的明亮程度,也即灰度。对于有彩色光来说,亮度反映了该颜色的明亮程度。

(9) 二值图像:具有两个灰度等级的图像。黑白图像一定是二值图像,但二值图像不一定是黑白图像。

(10) 黑白图像:仅具有黑白两个灰度等级的图像。

(11) 灰度图像:只有灰度属性没有彩色属性的图像。

(12) 图像采样:对图像的连续空间坐标 x 和 y 的离散化称为图像的采样。

(13) 连续图像:当一幅图像的 x 和 y 坐标及幅值 f 都为连续量时,称该图像为连续图像。

(14) 图像灰度级的量化:对图像函数 $f(x,y)$ 的幅值 f 的离散化称为图像灰度级的量化。

(15) 均匀采样:是指将一幅二维连续图像 $f(x,y)$ 的连续二维图像平面在 x 方向和 y 方向分别进行等间距划分,从而把二维图像平面划分成 $M\times N$ 个网格,并使各网格中心点的位置与一对实整数表示的笛卡儿坐标 (i,j) 相对应的过程。

(16) 均匀量化:是指将一幅二维连续图像 $f(x,y)$ 的灰度取值范围 $[0,L_{max}]$ 划分成 L 个等级(L 为正整数,$L_{max}=L-1$),并将二维图像平面上 $M\times N$ 个网格的中心点的灰度值分别量化成 L 个等级中与其最接近的那个等级值的过程。

(17) 图像分辨率:是指成像系统重现不同尺寸的景物的对比度的能力,包括空间分辨率和灰度分辨率。

(18) 空间分辨率:定义为单位距离内可分辨的最少黑白线对的数目,用于表示图像中可分辨的最小细节,主要取决于采样间隔值的大小。

(19) 灰度分辨率：是指在灰度级别中可分辨的最小变化,通常把灰度级级数 L 称为图像的灰度级分辨率。

(20) 像素的 4 邻域：对于图像中位于 (x,y) 的像素 p 来说,与其水平相邻和垂直相邻的 4 个像素称为该像素的 4 邻域像素,它们的坐标分别为 $(x-1,y)$、$(x,y-1)$、$(x,y+1)$ 和 $(x+1,y)$。

(21) 像素的 8 邻域：对于图像中位于 (x,y) 的像素 p 来说,与其水平相邻、垂直相邻和对角相邻的 8 个像素称为该像素的 8 邻域像素,它们的坐标分别为 $(x-1,y-1)$、$(x-1,y)$、$(x-1,y+1)$、$(x,y-1)$、$(x,y+1)$、$(x+1,y-1)$、$(x+1,y)$ 和 $(x+1,y+1)$。

(22) 像素的 4 邻接：设 V 是一个灰度值集合,且黑白图像的 $V=\{1\}$；256 灰度级图像的 V 为 0～255 中的任意一个灰度级子集。当像素 p 和像素 q 的灰度值均属于 V 中的元素,且 q 是 p 的一个 4 邻域像素时,则称 p 和 q 为 4 邻接。

(23) 像素的 8 邻接：设 V 是一个灰度值集合,且黑白图像的 $V=\{1\}$；256 灰度级图像的 V 为 0～255 中的任意一个灰度级子集。当像素 p 和像素 q 的灰度值均属于 V 中的元素,且 q 是 p 的一个 8 邻域像素时,则称 p 和 q 为 8 邻接。

(24) 像素的 m 邻接：设 V 是一个灰度值集合,且黑白图像的 $V=\{1\}$；256 灰度级图像的 V 为 0～255 中的任意一个灰度级子集。若像素 p 和像素 q 的灰度值均属于 V 中的元素,或者 q 在 $N_4(p)$ 中,或者 q 在 $N_D(p)$ 中且集合 $N_4(p)\bigcap N_4(q)$ 中没有值为 V 中元素的像素,则 p 和 q 为 m 邻接。

(25) 像素的 4 连通：设 V 是一个灰度值集合,且黑白图像的 $V=\{1\}$；256 灰度级图像的 V 为 0～255 中的任意一个灰度级子集。若像素 p 和像素 q 为 4 邻接,则在 4 邻接意义下定义的通路是 4 连通的。

(26) 像素的 8 连通：设 V 是一个灰度值集合,且黑白图像的 $V=\{1\}$；256 灰度级图像的 V 为 0～255 中的任意一个灰度级子集。若像素 p 和像素 q 为 8 邻接,则在 8 邻接意义下定义的通路是 8 连通的。

(27) 像素的 m 连通：设 V 是一个灰度值集合,且黑白图像的 $V=\{1\}$；256 灰度级图像的 V 为 0～255 中的任意一个灰度级子集。若像素 p 和像素 q 为 m 邻接,则在 m 邻接意义下定义的通路是 m 连通的。

(28) 欧氏距离：坐标分别位于 (x,y) 和 (u,v) 处的像素 p 和像素 q 之间的欧氏距离定义为：$D_e(p,q)=[(x-u)^2+(y-v)^2]^{1/2}$。

(29) 街区距离：坐标分别位于 (x,y) 和 (u,v) 处的像素 p 和像素 q 之间的街区距离定义为：$D_4(p,q)=|x-u|+|y-v|$。

(30) 棋盘距离：坐标分别位于 (x,y) 和 (u,v) 处的像素 p 和像素 q 之间的棋盘距离定义为：$D_8(p,q)=\max(|x-u|,|y-v|)$。

(31) 显示分辨率：显示屏上能够显示的数字图像像素的最大行数和最大列数,取决于显示器上所能够显示的像素点之间的距离。

(32) 光度分辨率：显示系统在每个像素位置产生正确的亮度或光密度的精度,部分地依赖于控制每个像素亮度的比特数。

(33) 调色板：是指在 16 色或 256 色显示系统中,将图像中出现最频繁的 16 种或 256 种颜色组成一个颜色表,并将它们分别编号为 0～15 或 0～255,这样就使每一个 4 位或 8

位的颜色编号与颜色表中的 24 位颜色值(对应一种颜色的 R、G、B 值)相对应。这种 4 位或 8 位的颜色编号称为颜色的索引号,由颜色索引号及其对应的 24 位颜色值组成的表称为颜色查找表,也即调色板。

(34) 位图:是指采用位映像方法(位映像是一个二维像素阵列)显示和存储的图像。

2.2　在有些图像处理系统中,为什么要对输入图像的像素亮度进行对数运算处理?

答: 由于数字图像是以离散的亮点集形式显示的,所以在表达图像处理的结果时,考虑眼睛对不同亮度的鉴别能力是非常重要的。大量实验表明,人的视觉系统感觉到的主观亮度与进入人眼的光的强度成对数关系。所以在很多图像处理系统中,为了适应人的视觉特性,先要对输入图像的像素进行对数运算处理,以此来获得良好的视觉效果。

2.3　简述什么是视觉适应性。

答: 视觉适应性是指当人从暗的环境突然进入亮的环境,或从亮的环境突然进入暗的环境时,人眼滞后恢复对周围环境视觉的性质,也即人眼对从亮的环境突然变到暗的环境或从暗的环境突然进入亮的环境的适应性。

2.4　简述什么是马赫带效应。

答: 在一幅由几个亮度逐渐减弱(或增强)且连在一起的窄带组成的图像中,每个窄带内的亮度分布是均匀的。但由于人眼视觉的主观感受,在亮度有变化的地方会出现虚幻的亮或暗的条纹,使得人们在观察某个窄条时,感觉在靠近该窄条的另一个亮度较低的窄条的那一侧似乎更亮一些,而在靠近该窄条的另一个亮度较高的窄条的那一侧似乎更暗一些,也即在不同亮度区域边界有"欠调"和"过调"现象。这种现象称为马赫带效应。

2.5　同时对比效应对图像处理有何意义?

答: 同时对比效应是指人眼对某个区域的亮度感觉并不仅仅取决于该区域的强度,也与该区域的背景亮度或周围亮度有关的特性相关。

进一步讲,对于完全相同亮度的目标,当其背景较暗时,人的视觉感觉它的亮度要比实际的亮度更亮一些;当其背景较亮时,人的视觉感觉它的亮度要比实际的亮度稍暗一些。

因此,在进行与视觉同时对比效应效果有关的图像处理应用时,不仅要考虑目标本身的实际灰度值大小,还要考虑其背景亮度,通过适当技术和方法的处理,使图像的处理结果达到最适合于人观察的效果。另外,还可通过前景与背景的同时对比效应,实现某种特殊的图像视觉效果。比如,在彩色图像中,当两种颜色同时并置在一起时,双方都会把对方推向自己的补色。红和绿并置,红的更红,绿的更绿;黑与白并置,黑显得更黑,白显得更白。这在图像版面和网页等应用设计中非常重要。

2.6　视觉错觉对图像处理有何意义?

答: 视觉错觉是指人眼填充了不存在的信息或者错误地感知物体的几何特点的特性,是景物周围环境对比的结果。因此,在进行与视觉错觉有关的图像处理应用时,要注意强化主体,弱化视觉错觉带来的不利影响;同时也可正面地利用视觉错觉特性,产生具有特殊效果的应用,比如服装设计、军事伪装等。

2.7　对图像进行描述的数据信息一般有哪些形式?

答: 对图像进行描述的数据信息一般应至少包括:

(1) 图像的大小,也即图像的宽和高。

(2) 表示每个像素需要的位数,当其值为 1 时说明是黑白图像,当其值为 4 时说明是 16

色或 16 灰度级图像,当其值为 8 时说明是 256 色或 256 灰度级图像,当其值为 24 时说明是真彩色图像。

同时,根据每个像素的位数和调色板信息,可进一步指出是 16 色彩色图像还是 16 灰度级图像;是 256 色彩色图像还是 256 灰度级图像。

(3) 图像的调色板信息。

(4) 图像的位图数据信息。

对图像信息的描述一般用某种格式的图像文件描述,比如 BMP 等。在用图像文件描述图像信息时,相应地要给出图像文件的格式信息、图像文件是否压缩及其压缩格式信息等。不同格式的图像文件有各自的约定。

2.8　简要说明线扫方式均匀采样的实现思想。

答:对地物或二维连续图像的采样是通过数字图像传感装置或数字化仪实现的。线扫均匀采样方式的实现思路是:将数字图像传感装置的感知单元排成一个线阵,由此可完成一维(行)图像的采样成像。在成像传感器所在的遥感平台匀速移动过程中,通过等时间间距的行采样;或通过机械地确定同等间隔的增量数值进行行采样,可得到一幅二维的数字图像。

2.9　简要说明面扫方式均匀采样的实现思想。

答:对地物或二维连续图像的采样是通过数字图像传感装置或数字化仪器实现的。面扫均匀采样方式的实现思想是:面扫均匀采样的数字图像传感装置通过将 $M \times N$ 个感知单元等间隔地排列成一个感知单元阵列,就可并行地完成对某地物或二维连续图像的采样,从而得到一幅二维数字图像。

2.10　灰度数字图像有什么特点?

答:灰度数字图像的特点是只有灰度(亮度)属性,没有彩色属性。对于灰度级为 L 的图像,其灰度取值范围为 $[0, L-1]$。

2.11　进行图像运算和图像显示的坐标系分别有什么特点?

答:对图像进行运算的坐标系如图 2-1(a)所示。该坐标系的原点 O 位于图像的左下角,横轴为 x 轴,纵轴为 y 轴。

屏幕上显示图像的坐标系如图 2-1(b)所示。该坐标系的原点 O 位于图像的左上角,也即对应于屏幕的左上角,纵坐标 x 表示图像像素阵列的行,横坐标 y 表示图像像素阵列的列。

2.12　对图像进行运算的参考坐标系有什么特点?

答:对图像进行运算的坐标系的坐标原点 O 位于左下角,从原点起向右的横轴为 x 轴,从原点起向上的纵轴为 y 轴。与数学上的二维函数运算的坐标系相比,图像中像素点的位置坐标 (x, y) 中的 x 和 y 只能取大于等于零的整数,相当于二维数学函数运算时只能取第 Ⅰ 象限的值。显然,图像的这种运算坐标系基本上与二维函数坐标相一致,便于对各种图像运算的表示和描述。

2.13　显示图像的参考坐标系有什么特点?

答:对图像进行显示的坐标系与实际显示屏的坐标相对应,便于数字图像的显示控制。坐标的原点 O 位于左上角,从原点起向下的纵轴为 x 轴,从原点起向右的横轴为 y 轴。对于 $M \times N$ 的图像,x 的取值范围为 $[0, M-1]$,y 的取值范围为 $[0, N-1]$。

2.14 数字图像 $f(x,y)$ 中各量的含义是什么？其取值有什么要求和特点？

答：数字图像 $f(x,y)$ 中的 x 和 y 是二维图像的列和行坐标，f 是图像中位于坐标点 (x,y) 的灰度值。对于 $M \times N$ 的 L 灰度级图像 $f(x,y)$，x、y 和 f 的取值范围为 $x \in [0, M-1]$、$y \in [0, N-1]$ 和 $f \in [0, L-1]$；且一般要求 M 和 N 取 2 的整次幂，f 必须取 2 的整次幂，即要求：$M=2^m$；$N=2^n$；$f=2^k$。其中的 m、n 和 k 为正整数。

2.15 一幅 200×300 的二值图像、16 灰度级图像和 256 灰度级图像分别需要多少存储空间？

答：由于存储一幅 $M \times N$ 的灰度级为 l 的数字图像所需的位数为：$M \times N \times k$，其中 $l=2^k$。二值图像、16 灰度级图像和 256 灰度级图像的 k 值分别为 1、4 和 8，也即存储一个像素需要的位数分别为 1 位、4 位和 8 位。所以，一幅 200×300 的二值图像所需的存储空间为 $200 \times 300 \times 1/8 = 7.5 \text{kB}$；一幅 200×300 的 16 灰度级图像所需的存储空间为 $200 \times 300 \times 4/8 = 30 \text{kB}$；一幅 200×300 的 256 灰度级图像所需的存储空间为 $200 \times 300 \times 8/8 = 60 \text{kB}$。

2.16 简述采样数变化对图像视觉效果的影响。

答：在对某景物的连续图像进行均匀采样时，在空间分辨率（这里指线对宽度）不变的情况下，采样数越少，即采样密度越低，得到的数字图像阵列 $M \times N$ 越小，也即数字图像尺寸就越小。反之，采样数越多，即采样密度越高，得到的数字图像阵列 $M \times N$ 越大，也即数字图像的尺寸就越大。

2.17 简述空间分辨率变化对图像视觉效果的影响。

答：空间分辨率定义为单位距离内可分辨的最小黑白线对数目，反映了图像数字化时对图像像素划分的密度，是图像中可分辨的最小细节。

对于一个同样大小的景物来说，与其对应的图像的空间分辨率越高，也即数字化时采样的线对宽度越窄，图像的质量就越高，图像的视觉效果就越好。反之，与该景物对应的图像的空间分辨率越低，也即数字化时采样的线对宽度越宽，图像的质量就越低，图像的视觉效果就越差。

2.18 简述灰度级分辨率变化对图像视觉效果的影响。

答：灰度级分辨率是指在灰度级别中可分辨的最小变化。灰度级别数越大，也即图像的灰度级分辨率越高，景物图像中反映其亮度的细节就越丰富，图像质量也就越高。当图像的灰度级别数降低时，图像中的亮度细节信息就会逐渐损失，伪轮廓信息就会逐渐增加，所以灰度分辨率越低，图像的视觉效果越差。

常用的灰度分辨率用 8 比特表示，也即灰度级的取值为 $256(2^8)$。

2.19 简述并举例说明灰度直方图是如何描述图像的暗、亮和对比度特征的。

答：图像的灰度直方图是一种表示数字图像中各级灰度值及其出现频数关系的函数。

当图像的直方图比较偏左时，说明图像中各像素的灰度取值普遍比较小，所以图像整体上就比较暗。当图像的直方图比较偏右时，表示图像中各像素的灰度取值普遍比较大，所以图像整体上就比较亮。

对比度表示图像中背景与前景（目标）的亮度比值，所以当图像的直方图分布相对集中于图像直方图上的某个区域时，说明背景灰度值与前景灰度值的比值较小，图像的对比度就比较差，图像中的目标相对于其背景就比较暗或模糊；当图像的直方图总体上分布于直方图的整个灰度范围时，说明背景灰度值与前景灰度值的比值较大，图像的对比度就好，图像中的目标相对于其背景就比较亮或清楚。

2.20 简述二维直方图描述了彩色图像的哪些特征。

答：二维直方图是一种描述彩色图像中红色光的亮度（灰度）值与蓝色光的亮度值关系的函数，用一个二维坐标表示，横坐标表示彩色图像的红色灰度级别，纵坐标表示彩色图像的蓝色灰度级别。

二维直方图表示了彩色图像中各彩色像素点中红色和蓝色两种分量灰度值的组合及分布情况。直方图中点(r,b)的取值表示了该幅彩色图像中，其红色分量值为r，蓝色分量值为b的彩色像素点的数目。显然，直方图中点(r,b)的取值越大，表示该幅彩色图像中红色分量值为r、蓝色分量值为b的彩色像素点的数目越多。

当用灰度图像表示二维直方图时，如果二维直方图除45°斜线上有值（呈比较亮的白色）外，其余各处值为0（呈黑色），则表示图像中各像素点的红色分量与蓝色分量相同；如果总体来说图像中各像素点的蓝色分量比红色分量的值大一些（也即图像偏蓝一些），则大多数像素值对(r,b)中的蓝色分量b就大于红色分量r，直方图中的点或由点组成的线或区域将主要分布在45°斜线以上；反之，如果总体来说图像中各像素点的蓝色分量比红色分量的值小一些（也即图像偏红一些），则大多数像素值对(r,b)中的红色分量r就大于蓝色分量b，直方图中的点或由点组成的线或区域将主要分布在45°斜线以下。

2.3 图像显示程序

下面是 VC 6.0 环境下的 256 灰度图像显示程序。本程序通过建立多文档工程实现了系统的构建，工程名为 CCh1_1。

```
//一、256 灰度级 BMP 图像显示主程序

//dibapi.cpp
# include "stdafx.h"
# include "dibapi.h"
# include <io.h>
# include <errno.h>
# include <math.h>
# include <direct.h>

# define DIB_HEADER_MARKER ((WORD)('M'<<8|'B')

/* 函数名称 PaintDIB() */
BOOL WINAPI PaintDIB(HDC hDC,
                    LPRECT lpDCRect,
                    HDIB hDIB,
                    LPRECT lpDIBRect,
                    CPalette * pPal)
{
    LPSTR    lpDIBHdr;
    LPSTR    lpDIBBits;
    BOOL     bSuccess = FALSE;
```

```
HPALETTE hPal = NULL;
HPALETTE hOldPal = NULL;

//判断 DIB 对象是否为空
if(hDIB == NULL)
{
    return FALSE;
}
//锁定 DIB
lpDIBHdr = (LPSTR)::GlobalLock((HGLOBAL)hDIB);

//找到 DIB 图像像素起始位置
lpDIBBits = ::FindDIBBits(lpDIBHdr);
if(pPal! = NULL)
{
    hPal = (HPALETTE)pPal - >m_hObject;

    //选中调色板
    hOldPal = ::SelectPalette(hDC,hPal,TRUE);
}

//设置显示模式
::SetStretchBltMode(hDC,COLORONCOLOR);
//判断是调用 StretchDIBits()还是 SetDIBitsToDevice()来绘制 DIB 对象
if((RECTWIDTH(lpDCRect) == RECTWIDTH(lpDIBRect))&&
    (RECTHEIGHT(lpDCRect) == RECTHEIGHT(lpDIBRect)))
{
    //原始大小,不用拉伸
    bSuccess = ::SetDIBitsToDevice(hDC,
                                    lpDCRect - >left,
                                    lpDCRect - >top,
                                    RECTWIDTH(lpDCRect),
                                    RECTHEIGHT(lpDCRect),
                                    lpDIBRect - >left,

(int)DIBHeight(lpDIBHdr) - lpDIBRect - >top - RECTHEIGHT(lpDIBRect),
                                    0,
                                    (WORD)DIBHeight(lpDIBHdr),
                                    lpDIBBits,
                                    (LPBITMAPINFO)lpDIBHdr,
                                    DIB_RGB_COLORS);
}
else
{
    //非原始大小,拉伸
    bSuccess = ::StretchDIBits(hDC,
                                lpDCRect - >left,
                                lpDCRect - >top,
                                RECTWIDTH(lpDCRect),
                                RECTHEIGHT(lpDCRect),
                                lpDIBRect - >left,
                                lpDIBRect - >top,
```

```
                                RECTWIDTH(lpDIBRect),
                                RECTHEIGHT(lpDIBRect),
                                lpDIBBits,
                                (LPBITMAPINFO)lpDIBHdr,
                                DIB_RGB_COLORS,
                                SRCCOPY);
    }
    //解除锁定
    ::GlobalUnlock((HGLOBAL)hDIB);

    //恢复以前的调色板
    if(hOldPal!=NULL)
    {
        ::SelectPalette(hDC,hOldPal,TRUE);
    }
    return bSuccess;
}


/* 函数名称 CreateDIBPalette() 创建调色板 */
BOOL WINAPI CreateDIBPalette(HDIB hDIB,CPalette * pPal)
{
    //指向逻辑调色板的指针
    LPLOGPALETTE lpPal;

    //逻辑调色板的句柄
    HANDLE hLogPal;

    //调色板的句柄
    HPALETTE hPal = NULL;

    //循环变量
    int i;

    //颜色表中的颜色数目
    WORD wNumColors;

    //指向 DIB 的指针
    LPSTR lpbi;

    //指向 BITMAPINFO 结构的指针(Win 3.0)
    LPBITMAPINFO lpbmi;

    //指向 BITMAPCOREINFO 结构的指针
    LPBITMAPCOREINFO lpbmc;

    //表明是否是 Win 3.0 DIB 的标记
    BOOL bWinStyleDIB;

    //创建结果
    BOOL bResult = FALSE;
```

```
//判断 DIB 是否为空
if(hDIB = NULL)
{
    return FALSE;
}
//锁定 DIB
lpbi = (LPSTR)::GlobalLock((HGLOBAL)hDIB);
//获取指向 BITMAPINFO 结构的指针(Win 3.0)
lpbmi = (LPBITMAPINFO)lpbi;
//获取指向 BITMAPCOREINFO 结构的指针
lpbmc = (LPBITMAPCOREINFO)lpbi;

//获取 DIB 中颜色表中的颜色数目
wNumColors = ::DIBNumColors(lpbi);

if(wNumColors! = 0)
{
    //为逻辑调色板分配内存
    hLogPal = ::GlobalAlloc(GHND,sizeof(LOGPALETTE)
                            + sizeof(PALETTEENTRY)
                            * wNumColors);
    //如果内存不足,则退出
    if(hLogPal == 0)
    {
        //解除锁定
        ::GlobalUnlock((HGLOBAL)hDIB);

        return FALSE;
    }
    lpPal = (LPLOGPALETTE)::GlobalLock((HGLOBAL)hLogPal);

//设置版本号
lpPal - >palVersion = PALVERSION;

//设置颜色数目
lpPal - >palNumEntries = (WORD)wNumColors;

//判断是否是 Win 3.0 的 DIB
bWinStyleDIB = IS_WIN30_DIB(lpbi);

//读取调色板
for(i = 0;i<(int)wNumColors;i++)
{
    if(bWinStyleDIB)
    {
        //读取红色分量
        lpPal - >palPalEntry[i].peRed = lpbmi - >bmiColors[i].rgbRed;
        //读取绿色分量
        lpPal - >palPalEntry[i].peGreen = lpbmi - >bmiColors[i].rgbGreen;
        //读取蓝色分量
```

```
                    lpPal->palPalEntry[i].peBlue = lpbmi->bmiColors[i].rgbBlue;
                    //保留位
                    lpPal->palPalEntry[i].peFlags = 0;
                }
                else
                {
                    //读取红色分量
                    lpPal->palPalEntry[i].peRed = lpbmc->bmciColors[i].rgbtRed;
                    //读取绿色分量
                    lpPal->palPalEntry[i].peGreen = lpbmc->bmciColors[i].rgbtGreen;
                    //读取蓝色分量
                    lpPal->palPalEntry[i].peBlue = lpbmc->bmciColors[i].rgbtBlue;
                    //保留位
                    lpPal->palPalEntry[i].peFlags = 0;
                }
            }

            //按照逻辑调色板创建调色板,并返回指针
            bResult = pPal->CreatePalette(lpPal);

            //解除锁定
            ::GlobalUnlock((HGLOBAL)hLogPal);

            //释放逻辑调色板
            ::GlobalFree((HGLOBAL)hLogPal);
        }

        //解除锁定
        ::GlobalUnlock((HGLOBAL)hDIB);
        //返回结果
        return bResult;
}


/* 函数名称 FindDIBBits()    指向位图的像素矩阵 */
LPSTR WINAPI FindDIBBits(LPSTR lpbi)
{
    return (lpbi + *(LPDWORD)lpbi + ::PaletteSize(lpbi));
}


/* 函数名称 DIBWidth()   位图宽度的定义 */
DWORD WINAPI DIBWidth(LPSTR lpDIB)
{
    //指向 BITMAPINFO 结构的指针(Win 3.0)
    LPBITMAPINFOHEADER lpbmi;

    //指向 BITMAPCOREINFO 结构的指针
    LPBITMAPCOREHEADER lpbmc;
```

```
    //获取指向 BITMAPINFO 结构的指针(Win 3.0)
    lpbmi = (LPBITMAPINFOHEADER)lpDIB;
    //获取指向 BITMAPCOREINFO 结构的指针
    lpbmc = (LPBITMAPCOREHEADER)lpDIB;

//返回 DIB 中图像的宽度
    if(IS_WIN30_DIB(lpDIB))
    {
        return lpbmi->biWidth;
    }
    else
    {
        return(DWORD)lpbmc->bcWidth;
    }
}


/* 函数名称 DIBHeight()    位图高度的定义 */
DWORD WINAPI DIBHeight(LPSTR lpDIB)
{
    //指向 BITMAPINFO 结构的指针(Win 3.0)
    LPBITMAPINFOHEADER lpbmi;

    //指向 BITMAPCOREINFO 结构的指针
    LPBITMAPCOREHEADER lpbmc;

    //获取指向 BITMAPINFO 结构的指针(Win 3.0)
    lpbmi = (LPBITMAPINFOHEADER)lpDIB;
    //获取指向 BITMAPCOREINFO 结构的指针
    lpbmc = (LPBITMAPCOREHEADER)lpDIB;

    //返回 DIB 中图像的宽度
    if(IS_WIN30_DIB(lpDIB))
    {
        return lpbmi->biHeight;
    }
    else
    {
        return(DWORD)lpbmc->bcHeight;
    }
}


/* 函数名称 PaletteSize()    调色板的大小的定义 */
WORD WINAPI PaletteSize(LPSTR lpbi)
{
    //计算 DIB 中调色板的大小
    if(IS_WIN30_DIB(lpbi))
    {
        //返回颜色数目 xRGBQUAD 的大小
        return(WORD)(::DIBNumColors(lpbi) * sizeof(RGBQUAD));
```

```
    }
    else
    {
        //返回颜色数目 xRGBTRIPLE 的大小
        return(WORD)(::DIBNumColors(lpbi) * sizeof(RGBTRIPLE));
    }
}


/* 函数名称 CopyHandle()    位图复制 */
HGLOBAL WINAPI CopyHandle(HGLOBAL h)
{
    if(h == NULL)
    return NULL;
    //获取指定区域内存大小
    DWORD dwLen = ::GlobalSize((HGLOBAL)h);

    //分配新内存空间
    HGLOBAL hCopy = ::GlobalAlloc(GHND,dwLen);
    //判断分配是否成功
    if(hCopy! = NULL)
    {
        //锁定
        void * lpCopy = ::GlobalLock((HGLOBAL)hCopy);
        void * lp     = ::GlobalLock((HGLOBAL)h);
        //复制
        memcpy(lpCopy,lp,dwLen);
        //解除锁定
        ::GlobalUnlock(hCopy);
        ::GlobalUnlock(h);
    }
    return hCopy;
}


/* 函数名称 SaveDIB()    位图保存类 /
BOOL WINAPI SaveDIB(HDIB hDib,CFile&file)
{
    //Bitmap 函数头
    BITMAPFILEHEADER bmfHdr;

    //指向 BITMAPHEADER 的指针
    LPBITMAPINFOHEADER lpBI;

    //DIB 的大小
    DWORD   dwDIBSize;

    if(hDib == NULL)
    {
        //如果 DIB 为空,则返回 FALSE
        return FALSE;
```

```
    }

    //读取 BITMAPINFO 结构，并锁定
    lpBI = (LPBITMAPINFOHEADER)::GlobalLock((HGLOBAL)hDib);

    if(lpBI == NULL)
    {
        return FALSE；
    }

    //判读是否是 Win 3.0 DIB
    if(!IS_WIN30_DIB(lpBI))
    {
        //解除锁定
        ::GlobalUnlock((HGLOBAL)hDib);
        //返回 FALSE
        return FALSE；
    }

    //填充文件头

    //文件类型 BM
    bmfHdr.bfType = DIB_HEADER_MARKER;

    //文件头大小加颜色表大小
    dwDIBSize = * (LPDWORD)lpBI + ::PaletteSize((LPSTR)lpBI);

    //计算图像大小
    if((lpBI->biCompression == BI_RLE8)||(lpBI->biCompression == BI_RLE4))
    {
        //对于 RLE 位图，没法计算大小，只能信任 biSizeImage 内的值
        dwDIBSize += lpBI->biSizeImage;
    }
    else
    {
        //像素的大小
        DWORD dwBmBitsSize;
        //大小为 Width * Height
dwBmBitsSize = WIDTHBYTES((lpBI->biWidth) * ((DWORD)lpBI->biBitCount)) * lpBI->biHeight;

        //计算出 DIB 真正的大小
        dwDIBSize += dwBmBitsSize;

        //更新 biSizeImage(很多 BMP 头文件中 biSizeImage 的值是错误的)
        lpBI->biSizeImage = dwBmBitsSize;
    }
    //计算文件大小
    bmfHdr.bfSize = dwDIBSize = dwDIBSize + sizeof(BITMAPFILEHEADER);

    //两个保留字
    bmfHdr.bfReserved1 = 0;
```

```
    bmfHdr.bfReserved2 = 0;

    //计算偏移量,其大小为 Bitmap 文件头大小+DIB 头大小+颜色表大小
    bmfHdr.bfOffBits = (DWORD)sizeof(BITMAPFILEHEADER) + lpBI - >biSize + PaletteSize((LPSTR)lpBI);

    //尝试写文件

    TRY
    {
        //写头文件
        file.Write((LPSTR)&bmfHdr,sizeof(BITMAPFILEHEADER));

        //写 DIB 头和像素
        file.WriteHuge(lpBI,dwDIBSize);
    }
    CATCH(CFileException,e)
    {
        //解除锁定
        ::GlobalUnlock((HGLOBAL)hDib);

        //抛出异常
        THROW_LAST();
    }
    END_CATCH

    //解除锁定
    ::GlobalUnlock((HGLOBAL)hDib);

    return TRUE;
}


/* 函数名称 ReadDIBFile()     读取位图 */
HDIB WINAPI ReadDIBFile(CFile&file)

{
    BITMAPFILEHEADER bmfHeader;
    DWORD dwBitsSize;
    HDIB hDIB;
    LPSTR pDIB;

    //获取 DIB 文件长度
    dwBitsSize = file.GetLength();

    //尝试读取 DIB 文件头
    if(file.Read((LPSTR)&bmfHeader,sizeof(bmfHeader))! = sizeof(bmfHeader))
    {
        //大小不对,返回 NULL
        return NULL;
    }
```

```
        //判断是否是 DIB 对象,检查头两个字节是不是 BM
        if(bmfHeader.bfType! = DIB_HEADER_MARKER)
        {
            //非 DIB 对象,返回 NULL
            return NULL;
        }

        //为 DIB 分配内存
        hDIB = (HDIB)::GlobalAlloc(GMEM_MOVEABLE|GMEM_ZEROINIT,dwBitsSize);
        if(hDIB = = 0)
        {
            //内存分配失败
            return NULL;
        }

        //锁定
        pDIB = (LPSTR)::GlobalLock((HGLOBAL)hDIB);
        //读像素
        if(file.ReadHuge(pDIB,dwBitsSize - sizeof(BITMAPFILEHEADER))! =
            dwBitsSize - sizeof(BITMAPFILEHEADER))
        {
            //大小不对

            //解除锁定
            ::GlobalUnlock((HGLOBAL)hDIB);

            //释放内存
            ::GlobalFree((HGLOBAL)hDIB);

            return NULL;
        }

        //解除锁定
        ::GlobalUnlock((HGLOBAL)hDIB);

        //返回 DIB 句柄
        return hDIB;
}


//二、以下为系统构建时用户需要定义的其他函数文件

/* CCh1_1Doc construction/destruction  ——CCh1_1Doc 的构建 */

CCh1_1Doc::CCh1_1Doc()
{
        //默认背景色,灰色
        m_refColorBKG = 0X00808080;
        //初始化变量
        m_hDIB = NULL;
```

```
    m_palDIB = NULL;
    m_sizeDoc = CSize(1,1);

}


CCh1_1Doc::~CCh1_1Doc()
{
    //判断 DIB 对象是否存在
    if(m_hDIB! = NULL)
    {
        //清除 DIB 对象
        ::GlobalFree((HGLOBAL)m_hDIB);
    }
    //判断调色板是否存在
    if(m_palDIB! = NULL)
    {
        //清除调色板
        delete m_palDIB;
    }
}


BOOL CCh1_1Doc::OnNewDocument()
{

    if (!CDocument::OnNewDocument())
        return FALSE;

    //TODO：add reinitialization code here
    //(SDI documents will reuse this document)

    return TRUE;
}



/* 打开文件 */
BOOL CCh1_1Doc::OnOpenDocument(LPCTSTR lpszPathName)
{
    CFile file;
    CFileException fe;
    //打开文件
    if(!file.Open(lpszPathName,CFile::modeRead|CFile::shareDenyWrite,&fe))
    {
        //失败
    ReportSaveLoadException(lpszPathName,&fe,FALSE,AFX_IDP_FAILED_TO_OPEN_DOC);
        //返回 FALSE
        return FALSE;
    }
    DeleteContents();
    //更改光标形状
    BeginWaitCursor();
    //尝试调用 ReadDIBFile()读取图像
    TRY
```

```
    {
        m_hDIB = ::ReadDIBFile(file);
    }
    CATCH(CFileException,eLoad)
    {
        //读取失败
        file.Abort();

        //恢复光标形状
        EndWaitCursor();
        //报告失败
    ReportSaveLoadException(lpszPathName,eLoad,FALSE,AFX_IDP_FAILED_TO_OPEN_DOC);
        //设置 DIB 为空
        m_hDIB = NULL;
        //返回 FALSE
        return FALSE;
    }
    END_CATCH
    InitDIBData();
    EndWaitCursor();
    if((m_hDIB) == NULL)
    {
        //失败,可能非 BMP 格式
        CString strMsg;
        strMsg = "读取文件时出错! 可能是不支持该类型的图像文件!";
        //提示出错
        MessageBox(NULL,strMsg,NULL,MB_ICONINFORMATION|MB_OK);
        //返回 FALSE
        return FALSE;
    }
    SetPathName(lpszPathName);
    SetModifiedFlag(FALSE);
    return TRUE;
}


/* 重新打开文件 */
void CCh1_1Doc::OnFileReopen()
{
    //判断当前图像是否被修改
    if(IsModified())
    {
        if(MessageBox(NULL,"重新打开图像将丢失所有改动! 是否继续?","系统提示",MB_
        ICONQUESTION|MB_YESNO == IDNO))
        {
            return;
        }
    }
    CFile file;
    CFileException fe;
```

```
CString strPathName;
//获取当前文件路径
strPathName = GetPathName();

if(!file.Open(strPathName,CFile::modeRead|CFile::shareDenyWrite,&fe))
{
//失败
ReportSaveLoadException(strPathName,&fe,FALSE,AFX_IDP_FAILED_TO_OPEN_DOC);
return;
}
//更改光标形状
BeginWaitCursor();
TRY
{
    m_hDIB = ::ReadDIBFile(file);
}
CATCH(CFileException,eLoad)
{
    //读取失败
    file.Abort();

    //恢复光标形状
    EndWaitCursor();
    //报告失败

ReportSaveLoadException(strPathName,eLoad,FALSE,AFX_IDP_FAILED_TO_OPEN_DOC);
    //设置 DIB 为空
    m_hDIB = NULL;
    //返回 FALSE
    return;
}
END_CATCH

InitDIBData();
//判断读取文件是否成功
    if(m_hDIB == NULL)
{
    //失败,可能非 BMP 格式
    CString strMsg;
    strMsg = "读取文件时出错! 可能是不支持该类型的图像文件!";
    //提示出错
    MessageBox(NULL,strMsg,NULL,MB_ICONINFORMATION|MB_OK);
    EndWaitCursor();
    //返回
    return;
}
SetModifiedFlag(FALSE);
UpdateAllViews(NULL);
return;
}
```

```
/* 保存文件 */
BOOL CCh1_1Doc::OnSaveDocument(LPCTSTR lpszPathName)
{
    CFile file;
    CFileException fe;

if(!file.Open(lpszPathName,CFile::modeCreate|CFile::modeReadWrite|CFile::shareExclusive,&fe))
    {
        //失败
ReportSaveLoadException(lpszPathName,&fe,TRUE,AFX_IDP_INVALID_FILENAME);
        return FALSE;
    }
    //尝试调用 SaveDIB 保存图像
    BOOL bSuccess = FALSE;
    TRY
    {
        //更改光标形状
        BeginWaitCursor();
        bSuccess = ::SaveDIB(m_hDIB,file);

        //关闭文件
        file.Close();
    }

    CATCH(CFileException,eSave)
    {
    //读取失败
    file.Abort();

    //恢复光标形状
    EndWaitCursor();
    //报告失败

    ReportSaveLoadException(lpszPathName,eSave,TRUE,AFX_IDP_FAILED_TO_SAVE_DOC);

    //返回 FALSE
    return FALSE;
    }
    END_CATCH

    EndWaitCursor();
    SetModifiedFlag(FALSE);

    if(!bSuccess)
    {
        CString strMsg;
        strMsg = "无法保存 BMP 图像!";

        MessageBox(NULL,strMsg,NULL,MB_ICONQUESTION|MB_OK);
    }
```

```
    return bSuccess;
}


/* 替换 DIB */
void CCh1_1Doc::ReplaceHDIB(HDIB hDIB)
{
    //替换 DIB,在功能粘贴中用到该函数
    if(m_hDIB! = NULL)
    {
        ::GlobalFree((HGLOBAL)m_hDIB);
    }
    m_hDIB = hDIB;
}


/* 初始化 DIB */
void CCh1_1Doc::InitDIBData()
{
    //判断调色板是否为空
    if(m_palDIB! = NULL)
    {
        delete m_palDIB;
        m_palDIB = NULL;
    }
    m_palDIB = NULL;

    if(m_hDIB == NULL)
    {
        return;
    }

LPSTR lpDIB = (LPSTR)::GlobalLock((HGLOBAL)m_hDIB);
//判断图像是否过大
if(::DIBWidth(lpDIB)>INT_MAX||::DIBHeight(lpDIB)>INT_MAX)
{
    ::GlobalUnlock((HGLOBAL)m_hDIB);
    ::GlobalFree((HGLOBAL)m_hDIB);
    m_hDIB = NULL;
    CString strMsg;
    strMsg = "BMP 图像太大!";

    MessageBox(NULL,strMsg,NULL,MB_ICONQUESTION|MB_OK);
    return;
}
m_sizeDoc = CSize((int)::DIBWidth(lpDIB),(int)::DIBHeight(lpDIB));

::GlobalUnlock((HGLOBAL)m_hDIB);
//创建新调色板
m_palDIB = new CPalette;
```

```
    if(m_palDIB == NULL)
    {
        ::GlobalFree((HGLOBAL)m_hDIB);
        m_hDIB = NULL;

        return;
    }

    //调用 CreateDIBPalatte 来创建调色板
    if(::CreateDIBPalette(m_hDIB,m_palDIB) == NULL)
    {
        delete m_palDIB;
        m_palDIB = NULL;

        return;
    }
}


/* CCh1_1View.cpp ——CCh1_1View.cpp 文件的创建 */

/* 绘制位图 */
void CCh1_1View::OnDraw(CDC* pDC)
{

    //显示等待光标
    BeginWaitCursor();
    //获取文档
    CCh1_1Doc* pDoc = GetDocument();
    ASSERT_VALID(pDoc);
    HDIB hDIB = pDoc->GetHDIB();

    if(hDIB!=NULL)
    {
        LPSTR lpDIB = (LPSTR)::GlobalLock((HGLOBAL)hDIB);

        int cxDIB = (int)::DIBWidth(lpDIB);

        int cyDIB = (int)::DIBHeight(lpDIB);

        ::GlobalUnlock((HGLOBAL)hDIB);

        CRect rcDIB;
        rcDIB.top = rcDIB.left = 0;
        rcDIB.right = cxDIB;
        rcDIB.bottom = cyDIB;

        CRect rcDest;

        //判断是否要打印
        if(pDC->IsPrinting())
```

```
        {
            int cxPage = pDC->GetDeviceCaps(HORZRES);

            int cyPage = pDC->GetDeviceCaps(VERTRES);

            int cxInch = pDC->GetDeviceCaps(LOGPIXELSX);

            int cyInch = pDC->GetDeviceCaps(LOGPIXELSY);

            rcDest.top = rcDest.left = 0;
            rcDest.bottom = (int)(((double)cyDIB * cxPage * cyInch)
                    /((double)cxDIB * cxInch));
            rcDest.right = cxPage;
        //计算打印图像位置(垂直居中)
            int temp = cyPage - (rcDest.bottom - rcDest.top);
            rcDest.bottom += temp/2;
            rcDest.top += temp/2;
        }
        else
        {
            //不必缩放图像
            rcDest = rcDIB;
        }
        //输出 DIB
    ::PaintDIB(pDC->m_hDC,&rcDest,pDoc->GetHDIB(),&rcDIB,pDoc->GetDocPalette());
    }
    EndWaitCursor();
}


/* 准备打印 */
//CCh1_1View printing
BOOL CCh1_1View::OnPreparePrinting(CPrintInfo * pInfo)
{
    //设置总页数为 1
    pInfo->SetMaxPage(1);
    //default preparation
    return DoPreparePrinting(pInfo);
}


/* 开始打印 */
void CCh1_1View::OnBeginPrinting(CDC * /* pDC */, CPrintInfo * /* pInfo */)
{
    //TODO: add extra initialization before printing
}


void CCh1_1View::OnEndPrinting(CDC * /* pDC */, CPrintInfo * /* pInfo */)
{
```

```
        //TODO: add cleanup after printing
    }


/* 位图重绘 */
//CCh1_1View message handlers

BOOL CCh1_1View::OnEraseBkgnd(CDC * pDC)
{
    CCh1_1Doc * pDoc = GetDocument();
    //创建一个 Brush
    CBrush brush(pDoc - >m_refColorBKG);

    CBrush * pOldBrush = pDC - >SelectObject(&brush);

    //获取重绘区域
    CRect rectClip;
    pDC - >GetClipBox(&rectClip);

    //重绘
    pDC - >PatBlt(rectClip.left,rectClip.top,rectClip.Width(),rectClip.Height(),PATCOPY);

    //恢复以前的 Brush
    pDC - >SelectObject(pOldBrush);

    return TRUE;
}


/* 复制图像 */
    void CCh1_1View::OnEditCopy()
    {
        //复制当前图像
        CCh1_1Doc * pDoc = GetDocument();

        if(OpenClipboard())
        {
            BeginWaitCursor();
            EmptyClipboard();
            SetClipboardData(CF_DIB,CopyHandle((HANDLE)pDoc - >GetHDIB()));

            //关闭剪贴板
            CloseClipboard();
            //恢复光标
            EndWaitCursor();
        }
    }


/* 粘贴图像 */
    void CCh1_1View::OnEditPaste()
```

```
        {
            //粘贴图像
            //创建新的 DIB
            HDIB hNewDIB = NULL;

            if(OpenClipboard())
            {
                BeginWaitCursor();

                hNewDIB = (HDIB)CopyHandle(::GetClipboardData(CF_DIB));

                CloseClipboard();

                if(hNewDIB! = NULL)
                {
                    CCh1_1Doc * pDoc = GetDocument();

                    pDoc - >ReplaceHDIB(hNewDIB);
                    pDoc - >InitDIBData();
                    pDoc - >SetModifiedFlag(TRUE);
                    SetScrollSizes(MM_TEXT,pDoc - >GetDocSize());
                    OnDoRealize((WPARAM)m_hWnd,0);
                    pDoc - >UpdateAllViews(NULL);
                }
            EndWaitCursor();
            }
        }


//三、以下为部分头文件的定义

//dibapi.h
# ifndef _INC_DIBAPI
# define _INC_DIBAPI
//dib 句柄
DECLARE_HANDLE(HDIB);

//DIB 常量
# define PALVERSION   0X300

/ * DIB 宏 * /
//判断是否是 Win 3.0 的 DIB

# define IS_WIN30_DIB(lpbi)(( * (LPDWORD)(lpbi)) = = sizeof(BITMAPINFOHEADER))

//计算矩形区域的宽度
# define RECTWIDTH(lpRect)          ((lpRect)) - >right - (lpRect) - >left

//计算矩形区域的高度
# define RECTHEIGHT(lpRect)         ((lpRect)) - >bottom - (lpRect) - >top
```

```
#define WIDTHBYTES(bits)        (((bits + 31)/32) * 4)


BOOL   WINAPI   PaintDIB(HDC,LPRECT,HDIB,LPRECT,CPalette * pPal);
BOOL   WINAPI   CreateDIBPalette(HDIB hDIB,CPalette * cPal);
LPSTR  WINAPI   FindDIBBits(LPSTR lpbi);
DWORD  WINAPI     DIBWidth(LPSTR lpDIB);
DWORD  WINAPI     DIBHeight(LPSTR lpDIB);
WORD   WINAPI     PaletteSize(LPSTR lpbi);
WORD   WINAPI     DIBNumColors(LPSTR lpbi);
HGLOBAL  WINAPI   CopyHandle(HGLOBAL h);


BOOL    WINAPI     SaveDIB(HDIB hDIB,CFile&file);
HDIB    WINAPI     ReadDIBFile(CFile&file);

#endif //!INC_DIBAPI
```

## 第3章

图像变换

主教材在给出线性系统基本理论与运算的基础上,系统地介绍了图像处理应用中最具特征、应用最为广泛的离散傅里叶变换、离散余弦变换和小波变换。本章对这 3 种变换中的有关概念作进一步的说明。

3.1　内容解析

一般来说,图像变换的目的是把图像从空间域变换到空间频率域(比如离散傅里叶变换、离散余弦变换等),或变换到时—频域(比如小波变换),以便利用图像的空间频率域特性或多分辨率分析特性等,对图像进行处理和分析。

有关图像变换的理解,可以把正变换看成是一个分解过程。将图像分解成它的各个基元分量,这些基元分量以基矩阵的形式表示。变换系数则规定了在原图像中各分量所占的量。可以把反变换看成是一个合成过程。通过将各基矩阵与其对应的系数进行加权求和来合成原图像。

3.1.1　离散傅里叶变换

离散傅里叶变换(DFT)是一种正交变换,在用于图像处理时,应着重注意以下要点。

1. 图像的频率域处理方法

数字图像处理方法包括空间域处理方法和频率域(或称变换域)处理方法。空间域处理方法把图像看做是一个二维像素阵列,一般用空间域函数 $f(x,y)$ 表示图像,水平方向即 x 方向,垂直方向即 y 方向。

离散傅里叶变换将以 x、y 为变量的图像函数 $f(x,y)$ 转换成另一类频率域函数 $F(u,v)$,其变量为 u 和 v,u 和 v 分别对应于 x 和 y 方向的空域频率成分。

2. 图像的频谱特性

图像 $f(x,y)$ 的离散傅里叶变换的幅值函数 $|F(u,v)|$ 称为傅里叶频谱,反映了图像中的频谱分布情况;频谱 $|F(u,v)|$ 的平方 $|F(u,v)|^2$ 定义为功率谱 $P(u,v)$,反映了二维图像

的能量在空间频率域上的分布情况。从酉变换(线性运算精确可逆,算子内核满足确定的正交条件)的观点来看,一幅图像的离散傅里叶变换可以被解释为图像数据到广义的二维频谱的分解;在频率域内的每一个频率成分都对应于初始图像内频谱函数能量的数量。

离散傅里叶频谱的低频主要取决于图像在平坦区域中灰度的总体分布,而高频主要取决于图像的边缘和噪声等细节。当图像大小为 $M \times N$ 时,在关于 $(M/2, N/2)$ 对称的频谱图中图像的低频分量主要集中在频谱图的中心。

图 3-1 进一步说明了图像的原频谱和频谱图坐标平移到 $(M/2, N/2)$ 后的频谱的对应关系。

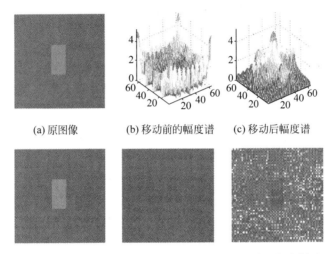

(a) 原图像　　(b) 移动前的幅度谱　　(c) 移动后幅度谱

(d) 移动后傅里叶变换幅度　(e) 移动前的时域相位　(f) 移动后的时域相位

图 3-1　坐标平移至 $(M/2, N/2)$ 前后的三维傅里叶频谱比较

3. 离散傅里叶变换在图像处理中的典型应用

离散傅里叶变换在图像处理中的典型应用有以下两方面。

(1) 图像特征提取

由于离散傅里叶变换的直流项与平均图像振幅(即图像中像素值的平均值)成比例,而高频项(交流项)给出了图像中边缘的振幅和方向的指示,因此可以基于图像的频率域特性提取图像特征。

(2) 图像压缩编码

利用离散傅里叶变换具有酉变换的特点,通过对变换结果的简单量化,就可以通过放弃低级变换系数来获得宽带(指数据量)的较大量减少,从而实现图像压缩。

4. 在离散傅里叶变换应用中需要注意的问题

(1) 在图像处理中,常以亮度(光强)函数演示傅里叶谱。但许多图像的谱随着频率的增加衰减很快,因此其高频成分变得越来越不清楚;另外,变换分量的动态范围一般比显示器的动态范围大得多。为了解决上述问题,对其频谱显示前先做如下处理:

$$D(u,v) = \log(1 + k \mid F(u,v) \mid) \tag{3-1}$$

其中,k 是标度因子,一般 $1 \leqslant k \leqslant 40$,通常情况下取 $k=1$。

(2) 离散傅里叶变换的零频率分量 $F(0,0)$ 是图像中的直流分量,如式(3-2)所示。在作处理时一般要去掉 $F(0,0)$ 成分,待处理完后,通过调节整体亮度再对其进行补偿。

$$F(0,0) = \frac{1}{N} \sum_{x=0}^{N-1} \sum_{y=0}^{N-1} f(x,y) \tag{3-2}$$

(3) 离散傅里叶变换研究的是信号总体的频谱分布规律,是一种纯频率域的分析方法,无法给出信号在某一时间段的频率分布规律。这种分析方法适合于平稳随机信号的分析;对于非平稳随机信号,则需要使用时频分析方法。

3.1.2 离散余弦变换

离散余弦变换(DCT)实质上是偶对称序列的离散傅里叶变换结果。学习离散余弦变换时,要注意对其正、反变换核与图像基的理解。与离散傅里叶变换的正、反变换核是不同的相异,二维离散余弦变换的正、反变换核是相同的。二维离散余弦变换的正、反变换核也称为二维离散余弦变换的基函数(基矩阵)或基图像,是存在于二维离散余弦变换中的固有特性,与被变换的图像无关。

需要注意的是,基函数(基矩阵)仅与变换有关而与图像无关的条件是:变换核本身与图像无关,例如,DFT 和 DCT 的基矩阵都与图像无关。若变换核本身与图像有关,是图像的函数,则其基矩阵与图像有关(或者说基图像与图像有关)。例如 K-L 变换,其变换核是图像的特征向量,与图像有着密不可分的关系,所以 K-L 变换的基图像与图像有关。

由于离散余弦变换具有更强的信息集中能力,能将最多的信息放到最小的系数上去。同时,由于 DCT 在去除图像的相关性、与人类视觉系统特性相适应和运算方便等方面的突出优势,已经在最流行的 JPEG 图像编码中得到成功应用,凸现了它的重要理论意义和应用价值。

3.1.3 小波变换

小波变换部分的学习,总体上应淡化其数学原理,重点把握小波变换用于图像处理时的机理和特征。主要应注意以下要点。

1. 图像的小波变换机理

对图像每进行一次二维离散小波变换,就可分解产生一个低频子图(子带)LL 和 3 个高频子图,即水平子带 HL、垂直子带 LH 和对角子带 HH;下一级小波变换在前级产生的低频子带 LL 的基础上进行,依次重复,即可完成图像的 $i(i=1,2,\cdots,I-1,I)$ 级小波分解。对图像进行 i 级小波变换后,产生的子带数目为 $3i+1$。

由于对图像每进行一次小波变换,就相当于在水平方向和竖直方向进行隔点采样,所以变换后的图像就分解成 4 个大小为前一级图像(或子图)尺寸 1/4 的子块频带子图,图像的时域分辨率下降一半,相应地使尺度加倍;在对图像进行 i 级小波变换后,所得到的 i 级分辨率图像的分辨率是原图像分辨率的 $1/2^i$。

图 3-2 给出了对图像进行 3 层小波变换(即对图像的 3 尺度的分解)后的系数分布示意图。

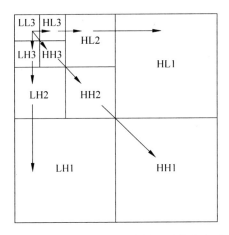

图 3-2　对图像进行 3 层小波变换的系数分布示意图

2. 离散小波变换的快速算法

在实际应用中,采用的是二维离散小波变换的快速算法——Mallat 算法。

对一幅 $M \times N$ 的图像 $C_j = \{C_{j,k,l}\}$ 进行分解的算法为:

$$\begin{cases} C_{j-1,m,n} = \sum_{k,l} C_{j,k,l} h_{k-2m} h_{l-2n} \\ D^{(1)}_{j-1,m,n} = \sum_{k,l} C_{j,k,l} h_{k-2m} g_{l-2n} \\ D^{(2)}_{j-1,m,n} = \sum_{k,l} C_{j,k,l} g_{k-2m} h_{l-2n} \\ D^{(3)}_{j-1,m,n} = \sum_{k,l} C_{j,k,l} g_{k-2m} g_{l-2n} \end{cases} \quad (3\text{-}3)$$

其中:

(1) 第一次分解时,$C_j = \{C_{j,k,l}\}$ 中的 $k = M, l = N$。

(2) C_{j-1} 是一个低频子带,对应于图 3-2 中的 LL1(左上角的 1/4 子带);D^1_{j-1} 是水平方向的高频子带,对应于图 3-2 中的 HL1;D^2_{j-1} 是垂直方向的高频子带,对应于图 3-2 中的 LH1;D^3_{j-1} 是对角线方向的高频子带,对应于图 3-2 中的 HH1。同理,可以把低频子带 C_{j-1} 进一步分解而得到 C_{j-2}、D^1_{j-2}、D^2_{j-2} 和 D^3_{j-2},分别对应于图 3-2 中的 LL2、HL2、LH2 和 HH2。进一步可把 C_{j-2} 分解得到 C_{j-3}、D^1_{j-3}、D^2_{j-3} 和 D^3_{j-3},分别对应于图 3-2 中的 LL3、HL3、LH3 和 HH3。

二维 Mallat 重构算法为:

$$\begin{aligned} C_{j,k,l} = \sum_{k,l} (&C_{j-1,m,n} \bar{h}_{m-2k} \bar{h}_{n-2l} + D^1_{j-1,m,n} \bar{h}_{m-2k} \bar{g}_{n-2l} + \\ &+ D^2_{j-1,m,n} \bar{g}_{m-2k} \bar{h}_{n-2l} + D^3_{j-1,m,n} \bar{g}_{m-2k} \bar{g}_{n-2l}) \end{aligned} \quad (3\text{-}4)$$

3. 二维 Mallat 算法的描述

设对于给定的一幅 $M \times N$ 的原始图像 $f(x,y)$,按照 Mallat 算法将其表示成 $f(x,y) =$

$\{C_{0,k,l}\}$，也即开始时一般有 $j=0$，且 $k=M,l=N$，则二维 Mallat 算法的第一次分解和最后一次合成算法过程如下。

算法输入：$C_{0,k,l}$。

算法的第一次分解输出为：$\{C_{-1,m,n}\}$，$\{D_{-1,m,n}^{(1)}\}$，$\{D_{-1,m,n}^{(2)}\}$，$\{D_{-1,m,n}^{(3)}\}$。

算法的最后一次合成输出为：$\{C_{0,k,l}\}$。

算法步骤如下。

（1）第一次分解

$$C_{-1,m,n}^{(1)} = \sum_{k,l} C_{0,k,l} h_{k-2m} h_{l-2n} \tag{3-5a}$$

$$D_{-1,m,n}^{(1)} = \sum_{k,l} C_{0,k,l} h_{k-2m} g_{l-2n} \tag{3-5b}$$

$$D_{-1,m,n}^{(2)} = \sum_{k,l} C_{0,k,l} g_{k-2m} h_{l-2n} \tag{3-5c}$$

$$D_{-1,m,n}^{(3)} = \sum_{k,l} C_{0,k,l} g_{k-2m} g_{l-2n} \tag{3-5d}$$

（2）最后一次合成

$$C_{0,k,l} = \sum_{k,l} (C_{-1,m,n}^{(1)} \bar{h}_{m-2k} \bar{h}_{n-2l} + D_{-1,m,n}^{(1)} \bar{h}_{m-2k} \bar{g}_{n-2l}$$

$$+ D_{-1,m,n}^{(2)} \bar{g}_{m-2k} \bar{h}_{n-2l} + D_{-1,m,n}^{(3)} \bar{g}_{m-2k} \bar{g}_{n-2l}) \tag{3-6}$$

值得注意的是，上述给出的是第一次分解与最后一次合成的公式；其他各次的分解与合成公式雷同，只不过要注意反映其分解次数与合成次数的 j 在 $C_{j,k,l}$ 和 $D_{j,m,n}^{(i)}$ 中的变化罢了，这里 $i=1,2,3$。

对于上述分解与合成运算中的低通滤波系数 h_n 和高通（或带通）滤波系数 g_n，可引入滤波器：

$$h_k = 2^{1/2} \int_{-\infty}^{+\infty} \phi(2x-k) \bar{\phi}(x) \mathrm{d}x \tag{3-7a}$$

$$g_k = 2^{1/2} \int_{-\infty}^{+\infty} \phi(2x-k) \bar{\psi}(x) \mathrm{d}x \tag{3-7b}$$

假设使用理想低通和带通滤波器，并给出基于 sinc 小波的一个离散小波变换，即有：

$$h_0(k) = \frac{1}{\sqrt{2}} \mathrm{sinc}\left(\pi \frac{k}{2}\right) \quad 和 \quad h_1(k) = \sqrt{2}\delta(k) - h_0(k)$$

$$\phi(t) = \mathrm{sinc}(\pi t) \quad 和 \quad \psi(t) = 2\phi(2t) - \phi(t)$$

3.2　习题 3 解答

3.1　解释下列术语。

（1）图像变换：图像变换是一种简化图像处理过程和提高图像处理效果的技术。最典型的图像变换主要有傅里叶变换、离散余弦变换和小波变换等。

（2）系统的叠加性：如果系统对两图像 $f_1(x,y)$ 和 $f_2(x,y)$ 分别进行运算的结果之和，与系统对两图像之和进行运算的结果相等，也即当

$$T[f_1(x,y) + f_2(x,y)] = T[f_1(x,y)] + T[f_2(x,y)]$$

时,称该系统具有叠加性。

（3）系统的齐次性：如果系统对乘以常数 k 的图像 $f(x,y)$ 进行运算的结果,与系统对该图像进行运算的结果再乘以该常数 k 所得结果相等,也即当

$$T[kf(x,y)] = kT[f(x,y)]$$

时,称该系统具有齐次性。

（4）线性系统：同时满足叠加性和齐次性的系统称为线性系统。

（5）非线形系统：不同时满足叠加性和齐次性的系统都属于非线性系统。

（6）点扩展函数：系统对单位脉冲函数 $\delta(x,y)$ 产生的输出 $h(x,y)$ 称为点扩展函数,也即

$$h(x,y) = T[\delta(x,y)]$$

（7）移不变系统：当系统的单位脉冲输入函数延迟了 α、β 单位为 $\delta(x-\alpha,y-\beta)$ 时,系统的输出结果性态不变,仅在位置上延迟了 α、β 单位为 $h(x-\alpha,y-\beta)$,则称这样的系统为移不变系统。

（8）线性移不变系统：如果一个系统既是线性的,又是移不变的,则该系统即是线性移不变系统。

（9）变换系数：对于像傅里叶变换和 DCT 变换等的这一类正交变换,以二维为例,其正变换和反变换一般可描述为

$$F(u,v) = \sum_{x=0}^{N-1}\sum_{y=0}^{N-1} f(x,y) \cdot Q_1(x,y,u,v), \quad u,v = 0,1,\cdots,N-1 \tag{3-8a}$$

$$f(x,y) = \sum_{u=0}^{N-1}\sum_{v=0}^{N-1} F(u,v) \cdot Q_2(x,y,u,v), \quad x,y = 0,1,\cdots,N-1 \tag{3-8b}$$

其中,$Q_1(x,y,u,v)$ 和 $Q_2(x,y,u,v)$ 称为正、反变换核。而式(3-8b)中的 $F(u,v)$ 就称为变换系数。

（10）下二采样：是指在小波正交分解的 Mallat 多分辨率分解过程中,对一维输入序列进行低通滤波和高通滤波的结果以 2 为步长进行过滤和采样,结果使信号的时域分辨率减半,产生了长度减半的反映原始信号低频(平滑)部分的低通滤波结果和反映原始信号高频(细节)部分的高通滤波结果。对二维输入图像信号进行低通滤波和高通滤波的结果以 2 为步长进行过滤和采样,同样会使图像的时域分辨率减半,产生相互分离且分辨率减半的 4 个子带,按其位置排列从左上角开始顺时针依次是近似低频子带、水平细节高频子带、对角细节高频子带、垂直细节高频子带。

3.2 δ 函数具有哪些特征？

答：δ 函数的性质主要为：是偶函数,可表示成指数函数,并具有位移性、可分离性、乘积性、筛选性等。

3.3 矩形函数具有哪些特性？矩形函数与 δ 函数之间有什么联系？

答：矩形函数可看做是边长为单位值的正方体,其体积为 1。当将矩形函数表示成底边长(长和宽)均为 $1/n$,高为 n^2 的形式 $r_n(x,y)$ 时,矩形函数与 δ 函数之间的联系可表示成 $\delta(x,y) = \lim_{n\to\infty} r_n(x,y)$,也即 δ 函数可由矩形函数的极限求得。

3.4 线性移不变系统与系统脉冲响应之间有什么关系？

答：线性移不变系统的输出等于其系统的输入与系统脉冲响应的卷积。用公式可表

示为：

$$g(x,y) = f(x,y) * h(x,y) = h(x,y) * f(x,y)$$

3.5 功率谱表示的意义是什么？

答：功率谱定义为频谱的平方，反映了离散信号的能量在频率域上的分布情况。

对于二维数字图像来说，由于傅里叶频谱的低频主要集中在二维频谱图的中心，所以图像的功率谱反映了该图像中低频能量到高频能量的分布情况，以及低频能量聚集于频谱图的中心的程度，后者反映了该图像中低频信号的图像功率（能量）与图像总功率（能量）的比率关系。

3.6 进行图像傅里叶变换的目的何在？

答：总体上说来，其目的有以下3个方面：

(1) 简化计算，也即傅里叶变换可将空间域中复杂的卷积运算转化为频率域中简单的乘积运算；

(2) 对于某些在空间域中难以处理或处理起来比较复杂的问题，利用傅里叶变换把用空间域表示的图像映射到频率域，再利用频域滤波或频域分析方法对其进行处理和分析，然后再把在频域中处理和分析的结果变换回空间域，从而可达到简化处理和简化分析的目的；

(3) 特殊目的的应用需求，比如通过某些频率域的处理方法，实现对图像的增强、特征提取、数据压缩、纹理分析、水印嵌入等，从而实现在空间域难以达到的效果。

3.7 对于 $M \times N$ 的图像 $f(x,y)$，其基函数（基矩阵）大小是多少？基图像大小是多少？

解：对于 $M \times N$ 的图像 $f(x,y)$，其二维离散傅里叶反变换式为：

$$f(x,y) = \sum_{u=0}^{M-1} \sum_{v=0}^{N-1} F(u,v) \exp\left[j2\pi\left(\frac{ux}{M} + \frac{vy}{N}\right)\right] \quad (x,y = 0,1,\cdots,N-1)$$

分析上式可知，对于每个特定的 x 和 y，u 有 M 个可能的取值，v 有 N 个可能的取值，也即 (u,v) 共有 $M \times N$ 个特定的取值，所以其基矩阵的大小为 $M \times N$，也即及图像由 $M \times N$ 块组成。当 (x,y) 取遍所有可能的值（$x=0,1,\cdots,M-1$；$y=0,1,\cdots,N-1$）时，就可得到由 $(M \times N) \times (M \times N)$ 块组成的基图像，所以其基图像大小为 $M^2 \times N^2$。

3.8 简述二维离散傅里叶变换可分离性的意义。

答：根据二维离散傅里叶变换的可分离性，在计算二维离散傅里叶变换时，可先对图像像素矩阵的所有列分别进行（一维）列变换，然后再对变换结果的所有行分别进行（一维）行变换，这样就可以利用一维离散傅里叶变换算法串行计算二维离散傅里叶变换，这在某种程度上就简化了计算过程。

3.9 一幅图像的灰度平均值与该幅图像的傅里叶变换有什么联系？

答：因为一幅 $N \times N$ 的图像的灰度平均值可表示为 $\bar{f} = \dfrac{1}{N^2} \sum_{x=0}^{N-1} \sum_{y=0}^{N-1} f(x,y)$。由二维离散傅里叶变换公式又有 $F(0,0) = \dfrac{1}{N} \sum_{x=0}^{N-1} \sum_{y=0}^{N-1} f(x,y)$。比较这两个公式可知，一幅图像的灰度平均值与该幅图像的傅里叶变换之间的联系可表示为 $\bar{f} = \dfrac{1}{N} F(0,0)$。

3.10 图像的傅里叶频谱是如何反映图像的特征的？

答：傅里叶频谱的低频主要取决于图像在平坦区域中灰度的总体分布，而高频主要取决于图像的边缘和噪声等细节。

按照图像空间域和频率域的对应关系,空域中的强相关性,即由于图像中存在大量的平坦区域,使得图像中的相邻或相近像素一般趋向于取相同的灰度值,反映在频率域中,就是图像的能量主要集中于低频部分。

根据傅里叶频谱的周期性和平移性,当把傅里叶频谱图的原点从$(0,0)$平移至$(M/2, N/2)$时,图像的低频分量就主要集中在以$(M/2, N/2)$为坐标原点的中心区域。具有这种特点的图像二维频谱图,就比较清楚地展现了图像中低频信号在图像总能量中所占的比率,以及低频信号向高频信号过渡的变化情况,既具有可视化特点,又便于频率域低通滤波和高频滤波实现。

3.11 设图像$f(x,y)$的大小为$M \times N$,直接对$f(x,y)$进行傅里叶变换和对$(-1)^{(x+y)}$ $f(x,y)$进行傅里叶变换所得的频谱图有何区别? 为什么?

答: 直接对$f(x,y)$进行傅里叶变换所得的傅里叶频谱即为$F(u,v)$,其坐标原点位于$(0,0)$,图像的低频分量主要集中在频谱图的4个角区域。对$(-1)^{(x+y)}f(x,y)$进行变换所得的频谱图即为$F(u-M/2, v-N/2)$,其坐标原点位于$(M/2, N/2)$,图像的低频分量主要集中在频谱图的中心区域。

因为当$u_0 = M/2$和$v_0 = N/2$时,有

$$f(x,y)\exp\left[j2\pi\left(\frac{u_0 x}{M} + \frac{v_0 y}{N}\right)\right] = (-1)^{(x+y)}f(x,y)$$

根据二维离散傅里叶变换的平移性

$$f(x,y)\exp\left[j2\pi\left(\frac{u_0 x}{M} + \frac{v_0 y}{N}\right)\right] \Leftrightarrow F(u-u_0, v-v_0)$$

所以,对$(-1)^{(x+y)}f(x,y)$进行傅里叶变换后所得频谱图的坐标原点位于$(M/2, N/2)$,图像的低频分量就集中在频谱图的中心区域了。

3.12 简述串行进行二维傅里叶变换的方法。

答: 根据二维傅里叶变换的可分离性,可以将$N \times N$的图像的傅里叶变换公式写为如下分离形式

$$F(u,v) = \frac{1}{N}\sum_{x=0}^{N-1}\exp\left[\frac{-j2\pi xu}{N}\right]\left(\sum_{y=0}^{N-1}f(x,y)\exp\left[\frac{-j2\pi yv}{N}\right]\right)$$

这样就可先对图像像素矩阵的各列分别进行列傅里叶变换(简称列变换),求得

$$F(x,v) = \frac{1}{\sqrt{N}}\sum_{y=0}^{N-1}f(x,y)\exp\left[\frac{-j2\pi vy}{N}\right]$$

然后再对变换结果的各行分别进行行傅里叶变换(简称行变换),求得

$$F(u,v) = \frac{1}{N}\sum_{x=0}^{N-1}F(x,v)\exp\left[\frac{-j2\pi ux}{N}\right]$$

从而利用一维离散傅里叶变换算法串行计算二维DFT。

3.13 简述与离散傅里叶变换相比,DCT变换有哪些优越性。

答: 由于数字图像都是实数阵列,所以在利用离散傅里叶变换对其进行变换时,不仅要涉及复数域的运算,而且运算结果也是复数。这不仅使运算复杂费时,而且也给实际应用带来诸多不便。

与离散傅里叶变换相比,DCT变换的优越性是:DCT消去了复数中的虚部而只有实部,运算中只有实数而不涉及复数域运算,运算简单且省时,又保持了变换域的频率特性,并

且余弦变换在去除图像的相关性方面与人类视觉系统特性相适应,已经证明是一种最适用于图像压缩编码的变换,所以已在图像处理中得到了广泛的应用。

3.14 以 DCT 变换为例,简述对基图像的理解。当 $N=8$ 时,二维 DCT 变换的基图像共由多少块组成?

答:根据二维离散余弦正变换和反变换的定义式:

$$F(u,v) = \frac{2}{N}K(u)K(v)\sum_{x=0}^{N-1}\sum_{y=0}^{N-1}f(x,y)\cdot\cos\left[\frac{\pi(2x+1)u}{2N}\right]\cdot\cos\left[\frac{\pi(2y+1)v}{2N}\right]$$

$$f(x,y) = \frac{2}{N}\sum_{u=0}^{N-1}\sum_{v=0}^{N-1}F(u,v)\cdot K(u)\cdot K(v)\cdot\cos\left[\frac{\pi(2x+1)u}{2N}\right]\cdot\cos\left[\frac{\pi(2y+1)v}{2N}\right]$$

其中的正变换核与反变换核:

$$Q(x,y,u,v) = \frac{2}{N}K(u)K(v)\cdot\cos\left[\frac{\pi(2x+1)u}{2N}\right]\cdot\cos\left[\frac{\pi(2y+1)v}{2N}\right]$$

只与图像的尺寸 $N\times N$ 有关,而与正变换中的 $f(x,y)$ 和反变换中的 $F(u,v)$ 无关,也就是说,当 $N\times N$ 确定后,正变换核与反变换核的值就确定了,所以就把 $Q(x,y,u,v)$ 随着 x、y、u、v 的取值变化而获得的二维阵列取值及其构成的图像称为基图像。

当 $N=8$ 时,对应于 $Q(x,y,u,v)$ 中的 (u,v) 的取值可以有 $(0,0),(0,1),\cdots,(7,7)$ 共 $8\times8=64$ 种组合,也即其基图像共有 64 块。对于某个特定的 u 和 v 的取值所对应的块,(x,y) 的取值也可以有 $(0,0),(0,1),(0,2),(0,3),(1,0),\cdots,(7,7)$ 的 64 种情况,也即每个块包括 $8\times8=64$ 个元素(子块)。

3.15 简述与傅里叶变换相比,小波变换具有哪些优越性。

答:利用傅里叶正变换可以把一维时间序列信号或二维空间域信号变换到一维频率域或二维频率域,与之对应地可以利用傅里叶反变换把用频率域表示的一维或二维信号变换成一维时间序列信号或二维空间域信号。也就是说,傅里叶变换只能表示一维或二维信号的频率域特性,而不能描述一维信号随时间变化的频率特性和二维信号随空间变化的频率特性。

而小波变换弥补了傅里叶变换不能描述随时间变化的频率特性的不足,特别适合于分析那些在不同的时间窗内具有不同频率特性的应用问题,而且其应用目的是为了得到信号或图像的局部频谱信息而非整体信息的信号或图像处理问题。

而且,由于小波变换在时域和频域同时具有良好的局部化特征,利用小波的多分辨率分析特性既可高效地描述信号和图像的平坦部分,又可有效地表示信号和图像的局部突变部分,所以小波变换获得了更广泛的应用。

3.16 简述 LL、HL、LH 和 HH 子带分别描述了图像的哪些特征。

答:LL 子带描述了图像的低频特性,反映了图像的主要能量;HL 子带描述了图像水平方向上的高频边缘信息;LH 子带描述了图像垂直方向上的高频边缘信息;HH 子带描述了图像对角线方向上的高频边缘信息。后三者反映的都是图像的细节信息特征。

3.17 简述在图像小波变换系数矩阵中,尺度和分辨率分别与变换级数有什么关系。

答:由于对图像每进行一次小波变换,就相当于在水平方向和垂直方向进行隔点采样,所以变换后的图像就会分解成 4 个大小为前一级图像(或子图像)尺寸的 1/4 频带的子图,图像的时域分辨率就下降一半,而相应地使尺度增加。对图像进行 i 级小波变换后,所得到的 i 级子图像的分辨率减少为原图像分辨率的 $1/2^i$,而 i 级子图像的尺度则增加为 2^i。

第 4 章

图 像 增 强

主教材对图像增强的基本理论和基本技术进行了较为详细的介绍,为了便于读者的学习,下面进一步强调有关内容。

4.1 内 容 解 析

图像增强方法主要包括空间域的灰度变换增强方法、直方图增强方法、空间域图像锐化方法、频率域图像增强方法、通过消除图像噪声而使图像清晰的增强方法等。下面仅从进一步理清概念的角度,对有关部分进行强调和补充说明。

4.1.1 空间域图像增强方法

空间域图像增强是指在图像平面中对图像的像素灰度值直接进行处理的图像增强方法,也即一种增强构成图像像素的方法。

设 $f(x,y)$ 为输入图像,$g(x,y)$ 是经增强处理后的图像,T 是定义在中心点 (x,y) 的邻域对 f 的增强操作,则空间域图像增强定义为:

$$g(x,y) = T[f(x,y)] \tag{4-1}$$

也就是说,空间域图像增强的实现方法是对图像中每一个中心在 (x,y) 处的像素的小范围邻域的子图像(即正方形或矩形子图像)进行处理,并通过将子图像的中心从一个像素位置移向另一个像素位置,从而实现对整个输入图像的增强处理。

当小范围邻域的子图像尺寸为 1×1(即单个像素)时,g 的值就只依赖于 f 在 (x,y) 点的值,空间域图像增强就是一种逐个像素点地对图像进行增强的方法,也即灰度变换。

当小范围邻域的子图像尺寸大于一个像素,比如为 3×3 时,g 在 (x,y) 点的值由事先定义的点 (x,y) 邻域里的 f 值的函数来决定,也即利用模板运算处理或滤波方法来实现。其增强处理的性质由模板的系数值决定,比如进行图像平滑或图像锐化。

4.1.2 直方图均衡化方法分析

1. 直方图均衡化方法总结与分析

主教材的 4.2.1 节中给出的利用直方图均衡化方法进行图像增强的步骤共有 6 步。下面进一步对该直方图均衡化过程进行总结性的分析。

（1）计算原图像的归一化灰度级别及其分布概率

在实际应用中，图像的灰度级数是已知的，所以计算原图像的归一化灰度级别是非常容易的。原图像的归一化灰度级别分布概率的计算，要先通过扫描图像像素矩阵来统计出图像中各灰度级别的像素数目，然后就可计算各灰度级别的分布概率了。

显然，这一个步骤完成后，就可画出原图像的直方图了。

（2）根据直方图均衡化公式求变换函数的各灰度等级值

（3）将所得变换函数的各灰度等级值转化成标准的灰度级别值，从而得到均衡化后的新图像的灰度级别值

在实际应用中，到这一个步骤完成后，就可根据前面几步的映射关系，把原图像变换成一幅接近均匀概率分布的新图像了。但在一些实际的研究和应用中，有时要将变换后的新图像的直方图与变换前的图像的直方图进行比较，所以一般还要接着进行下面3个步骤。换句话说，如果仅仅进行均衡化变换而不需要对其进行比较分析，到这一步直方图均衡变换就算完成了。

（4）根据其相关关系求新图像的各灰度级别值的像数数目

（5）求新图像中各灰度级别的分布概率

（6）画出经均衡化后的新图像的直方图

综上分析可知，作为一名初学者，应当根据上面的6个步骤来全面掌握利用直方图均衡化方法进行图像增强的过程。但在实际应用中，许多情况就不再需要后面3个步骤了。

2. 直方图均衡化的实现

在实际的直方图均衡化实现中，第（1）步的实现关键是通过编程依次读取图像文件中像素阵列数据中的各个像素数据，统计出各个灰度级出现的频数（个数）。在第（3）步的实现中，通过将各灰度等级值转化成标准的灰度级别值的过程，就找到了原图像中各灰度等级向新图像中灰度等级的转换关系，比如在主教材中例 4.2.1 解答过程的第（2）步的②中，通过原图像归一化分数灰度值向小数灰度值的对应。

分数值的灰度值： 0　　1/7　　2/7　　3/7　　4/7　　5/7　　6/7　　1

十进制值：　　　　0.0　0.143　0.286　0.429　0.571　0.714　0.857　1.0

及表 4.2 中的原图像的归一化灰度分布概率 $p_r(r_k)=n_k/n$，即

$$p_0(r_0)=0.19, p_1(r_1)=0.44, p_2(r_2)=0.65, p_3(r_3)=0.81,$$

$$p_4(r_4)=0.89, p_5(r_5)=0.95, p_6(r_6)=0.98, p_7(r_7)=1.0$$

向新图像的分数灰度级的对应，即

$$s_0=0.19\approx\frac{1}{7}, s_1=0.44\approx\frac{3}{7}, s_2=0.65\approx\frac{5}{7}, s_3=0.81\approx\frac{6}{7},$$

$$s_4=0.89\approx\frac{6}{7}, s_5=0.95\approx1, s_6=0.98\approx1, s_7=1.0\approx1$$

就建立起了新图像灰度值与原图像灰度级的对应关系，即新图像的各灰度级别值 $s_l'(l=0,$
$1,\cdots,7)$ 与原图像的灰度级别值 $s_l(l=0,1,\cdots,7)$ 的对应关系为：

$$s_0'=0, s_1'=s_0=\frac{1}{7}, s_2'=\frac{2}{7}, s_3'=s_1=\frac{3}{7}, s_4'=\frac{4}{7}$$

$$s_5' = s_2 = \frac{5}{7}, s_6' = s_3 = s_4 = \frac{6}{7}, s_7' = s_5 = s_6 = s_7 = 1$$

也即把原图像中灰度值为 0 的像素的灰度值变换成 1；灰度值为 1 的像素的灰度值变换成 3；灰度值为 2 的像素的灰度值变换成 5；灰度值为 3、4 的像素的灰度值变换成 6；灰度值为 5、6、7 的像素的灰度值变换成 7。

4.1.3　卷积与相关

在关于图像处理的书籍中经常会看到下面两个运算式：

$$g(x,y) = \sum_{s=-k}^{k} \sum_{t=-l}^{l} f(x+s, y+t) H(s,t) \tag{4-2}$$

$$g(x,y) = \sum_{s=-k}^{k} \sum_{t=-l}^{l} f(x-s, y-t) H(s,t) \tag{4-3}$$

仔细分析会发现，式(4-2)与式(4-3)中的乘积的顺序是不同的。

在式(4-2)中，是将模板(也称为加权函数、核算子等)移到图像上，然后将模板元素和它"压上"的对应元素相乘再求和，即左边与左边相乘，右边与右边相乘，上边与上边相乘，下边与下边相乘。这种运算确切地称为相关运算。

在式(4-3)中，自变量是反相的，即模板最左边的元素与它所"压上"的相应子图像的最右边的像素相乘，模板最右边的元素与它所"压上"的相应子图像的最左边的像素相乘，模板最上边的元素与它所"压上"的相应子图像的最下边的像素相乘，模板最下边的元素与它所"压上"的相应子图像的最上边的像素相乘。这种运算确切地称为卷积运算。

通过进一步分析会发现，由于在图像处理中用到的模板一般都是对称的，因此利用上述的相关运算定义式和卷积运算定义式的运算结果是相同的。而式(4-2)的相关运算中的模板元素和它"压上"的对应元素相乘更便于理解和算法实现时的控制，因此一些教科书(包括主教材)在噪声平滑等空间域运算中采用了式(4-2)的定义，并混淆地(有时是便于读者概念上的一致而故意)将式(4-2)也称为卷积运算。

4.2　习题 4 解答

4.1　解释下列术语。

(1) 空间域图像增强：是指在图像平面中对图像的像素灰度值直接进行处理的图像增强方法。

(2) 频率域图像增强：是指利用傅里叶变换等先将图像从空间域变换到频率域，然后利用图像的幅频特性在频率域对图像再进行某种滤波处理，处理后再利用傅里叶反变换等将图像变换回空间域来实现图像增强的方法。

(3) 灰度反转：设输入图像和处理后的输出图像各像素点的灰度值为 f 和 g，图像的灰度级为 L，则图像的灰度反转可一般地用公式表示为：

$$g = L - 1 - f$$

举例来说，黑白图像的灰度反转就是使灰度值为 1 的像素的灰度值变成 0，使灰度值为

0 的像素的灰度值变成 1。256 灰度级图像的灰度反转就是用 255 分别减去原图像中各像素的灰度值。黑白照片的底片和正片(即平常所说的照片)之间的关系就是典型的灰度反转的实例。

(4) 对比度拉伸：是一种提高图像中某些灰度值间的动态范围的图像增强方法。根据造成图像低对比度的原因和应用目的的不同,利用简单的分段线性函数来实现对比度拉伸变换。

(5) 窗切片：也称灰度切片,是一种将图像中某个灰度级范围变得比较突出的增强对比度的方法。窗切片通常有两种方法实现：一种是给所关心的灰度范围指定一个较高的灰度值,而给其他部分指定一个较低的灰度值或 0 值；另一种是给所关心的灰度范围指定一个较高的灰度值,而其他部分的灰度值保持不变。

(6) 归一化直方图：设图像 $f(x,y)$ 的第 k 级归一化灰度值为 r_k,图像 $f(x,y)$ 中具有归一化灰度值 r_k 的像素个数为 n_k,图像 $f(x,y)$ 中的总像素个数为 n,则图像 $f(x,y)$ 的归一化直方图由 $P(r_k)=n_k/n$ 给出。其中,$0 \leqslant r_k \leqslant 1 (k=0,1,\cdots,L-1)$。

(7) 图像锐化：是一种突出和加强图像中景物的边缘和轮廓的技术。

(8) 各向同性：通常用于指出在图像锐化和边缘检测中,那些对任意方向的边缘和轮廓都有相同检测能力的锐化算子和边缘检测算子所具有的性能。也即称那些对任意方向的边缘和轮廓都有相同检测能力的锐化算子和边缘检测算子为各向同性的。

(9) 图像噪声：在图像上出现的一些随机的、离散的和孤立的不协调像素点称为图像噪声。图像噪声在视觉上通常与它们相邻的像素明显不同,表现形式为在较黑区域上的随机白点或较白区域上的随机黑点,明显会影响图像的视觉效果。

(10) 邻域平均：是一种基本的空间域噪声消除方法,其基本思想是,当图像中某像素的灰度值,与其 8 邻域像素的灰度值之和的平均值之差的绝对值大于某个门限值时,就认为该像素属于图像中的噪声,就用其 8 邻域像素的灰度值之和的平均值代替该像素。

(11) 低通滤波：分为空间域低通滤波与频率域低通滤波两种。图像的空间域低通滤波是指通过某种空间域低通滤波运算,让符合某种要求的较低灰度值通过,而将不符合某种要求的较大灰度值滤除掉。图像的频率域低通滤波是指通过某种频率域低通滤波运算,让符合某种要求的所有低频没有衰减地通过,而将不符合某种要求的所有高频滤除掉。

(12) 高通滤波：分为空间域高通滤波与频率域高通滤波两种。图像的空间域高通滤波是指通过某种空间域高通滤波运算,让符合某种要求的较高灰度值通过,而将不符合某种要求的较小灰度值滤除掉。图像的频率域高通滤波是指通过某种频率域高通滤波运算,让符合某种要求的所有高频没有衰减地通过,而将不符合某种要求的所有低频滤除掉。

(13) 中值滤波：是指选用线形、十字形、方形、菱形或圆形等为窗口,采用类似于模板(窗口)运算的方法控制窗口在待滤波图像上移动,对待滤波图像中位于窗口内的所有像素的灰度进行排序,让滤波结果图像中的那个与窗口中心点处的像素位置的像素取排序结果的中间值。

(14) 带阻滤波：是一种用于消除以某点为对称中心的给定区域内的频率,或用于阻止以某点为对称中心的一定频率范围内的信号通过的滤波器。

4.2　直方图均衡的基本思想是什么？直方图均衡图像增强处理的主要步骤是什么？

答：直方图均衡的基本思想就是把一幅具有任意灰度概率分布的图像,变换成一幅接近均匀概率分布的新图像。

利用直方图均衡方法进行图像增强的过程的主要步骤如下：

（1）计算原图像的归一化灰度级别及其分布概率。

（2）根据直方图均衡化公式求变换函数的各灰度等级值。

（3）将所得变换函数的各灰度等级值转化成标准的灰度级别值，从而得到均衡化后的新图像的灰度级别值。

（4）根据其相关关系求新图像的各灰度级别值的像素数目。

（5）求新图像中各灰度级别的分布概率。

（6）画出经均衡化后的新图像的直方图。

4.3 直方图规定化的基本思想是什么？直方图规定化图像增强处理的主要步骤是什么？

答：直方图规定化的基本思想就是根据某种应用需要，把一幅具有任意灰度概率分布的图像变换成一幅具有某种特定形状直方图的新图像。

利用直方图规定化方法进行图像增强的主要步骤如下：

（1）对原图像的直方图进行均衡化。

（2）规定期望的直方图，并求规定直方图的均衡化变换函数。

（3）将原直方图对应地映射到规定的直方图。

（4）确定新图像中各灰度级别的像素数目，并计算其概率分布密度而得到最后的直方图。

4.4 已知有一幅大小为 64×64 的图像，灰度级为 8，图像中各灰度级的像素数目和概率分布如表 4-1 所示。试用直方图均衡方法对该图像进行增强处理，并画出处理前后的直方图。

表 4-1　图像数据

k	r_k	n_k	$p_r(r_k)=n_k/n$
0	$r_0=0$	1450	0.354
1	$r_1=1/7$	1030	0.251
2	$r_2=2/7$	530	0.129
3	$r_3=3/7$	370	0.090
4	$r_4=4/7$	280	0.068
5	$r_5=5/7$	206	0.050
6	$r_6=6/7$	150	0.037
7	$r_7=1$	80	0.020

解：（1）根据直方图均衡化公式求变换函数的各灰度等级值

$$s_0 = T(r_0) = \sum_{j=0}^{0} \frac{n_j}{n} = p_r(r_0) = 0.354$$

$$s_1 = T(r_1) = \sum_{j=0}^{1} \frac{n_j}{n} = p_r(r_0) + p_r(r_1) = 0.354 + 0.251 = 0.605$$

$$s_2 = T(r_2) = \sum_{j=0}^{2} \frac{n_j}{n} = 0.354 + 0.251 + 0.129 = 0.734$$

同理有
$$s_3 = 0.824 \quad s_4 = 0.892$$
$$s_5 = 0.960 \quad s_6 = 0.997 \quad s_7 = 1.00$$

（2）将所得的变换函数的灰度等级值转化为标准的灰度级别值

根据 8 个灰度级别的十进制数值：
$$0 \quad 0.143 \quad 0.286 \quad 0.492 \quad 0.571 \quad 0.721 \quad 0.857 \quad 1$$

分析可得
$$s_0 \approx 2/7；\quad s_1 \approx 4/7；\quad s_2 \approx 5/7；\quad s_3 = s_4 \approx 6/7；\quad s_5 = s_6 = s_7 \approx 1$$

（3）求新图像的各灰度级别的像素个数

由分析可知，新图像各灰度级别的像素个数和分布概率如表 4-2 中的 m_k 和 $p_s(s_k)$。

表 4-2 习题 4.4 第（3）步结果

k	s_k	m_k	$p_s(s_k) = m_k/n$
0	0	0	0
1	1/7	0	0
2	2/7	1450	0.354
3	3/7	0	0
4	4/7	1030	0.251
5	5/7	530	0.129
6	6/7	650	0.159
7	1	436	0.106

（4）画出原图像和均衡化后新图像的直方图

原图像和均衡化后新图像的直方图如图 4-1 所示。

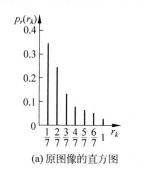 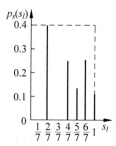

(a) 原图像的直方图   (b) 均衡化后新图像的直方图

图 4-1 习题 4.4 结果

4.5 水平垂直差分和罗伯特差分在实现上有何差别？

答：水平垂直差分法和罗伯特差分法都是利用梯度法进行图像锐化的基本方法，二者在实现上的主要差别是，水平垂直差分法是点 (i,j) 在 x 方向和 y 方向的一阶差分的近似，其表示式为
$$G(i,j) = \mid f(i+1,j) - f(i,j) \mid + \mid f(i,j+1) - f(i,j) \mid$$
形象的图形表示如图 4-2(a) 所示。

罗伯特差分法是点 (i,j) 在右下方的一阶差分和点 $(i+1,j)$ 在右上方的一阶差分的近

似,其表示式为

$$G(i,j) = |f(i+1,j+1) - f(i,j)| + |f(i+1,j) - f(i,j+1)|$$

形象的图形表示如图 4-2(b)所示。

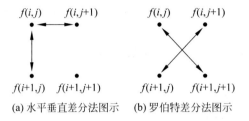

(a) 水平垂直差分法图示　　(b) 罗伯特差分法图示

图 4-2　习题 4.5 结果图示说明

4.6　证明：梯度(也即梯度幅度)是一个各向同性的微分算子。

证明：已知图像 $f(x,y)$ 在坐标点 (x,y) 处的梯度矢量为

$$G(f(x,y)) = \left[\frac{\partial f(x,y)}{\partial x} \quad \frac{\partial f(x,y)}{\partial y}\right]^T \tag{4-4}$$

梯度幅值为

$$G(x,y) = \sqrt{\left[\frac{\partial f(x,y)}{\partial x}\right]^2 + \left[\frac{\partial f(x,y)}{\partial y}\right]^2} \tag{4-5}$$

下面的证明思路是,如图 4-3 所示,将图像坐标系 xOy 自身旋转一个 θ 角,得到一个新的图像坐标系 $x'Oy'$。但在这两个坐标系中,可推知其梯度幅度是相等的,说明该梯度幅值是各向同性的。

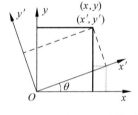

图 4-3　习题 4.6 图示说明

将图像坐标系 xOy 旋转 θ 角后,旧坐标 xOy 和新坐标 $x'Oy'$ 之间的关系可以表示为

$$x = x'\cos\theta - y'\sin\theta$$
$$y = x'\sin\theta + y'\cos\theta$$

由于

$$\frac{\partial x}{\partial x'} = \cos\theta, \quad \frac{\partial x}{\partial y'} = -\sin\theta$$

$$\frac{\partial y}{\partial x'} = \sin\theta, \quad \frac{\partial y}{\partial y'} = \cos\theta$$

对图像函数 $f(x,y)$ 求 x' 和 y' 的偏导数有

$$\frac{\partial f}{\partial x'} = \frac{\partial f}{\partial x}\frac{\partial x}{\partial x'} + \frac{\partial f}{\partial y}\frac{\partial y}{\partial x'} = \frac{\partial f}{\partial x}\cos\theta + \frac{\partial f}{\partial y}\sin\theta$$

$$\frac{\partial f}{\partial y'} = \frac{\partial f}{\partial x}\frac{\partial x}{\partial y'} + \frac{\partial f}{\partial y}\frac{\partial y}{\partial y'} = -\frac{\partial f}{\partial x}\sin\theta + \frac{\partial f}{\partial y}\cos\theta$$

对上面两式的两端分别平方并将其相加可得

$$\left(\frac{\partial f}{\partial x'}\right)^2 + \left(\frac{\partial f}{\partial y'}\right)^2 = \left(\frac{\partial f}{\partial x}\right)^2 + \left(\frac{\partial f}{\partial y}\right)^2$$

显然有

$$G(x,y)=\sqrt{\left[\frac{\partial f}{\partial x}\right]^2+\left[\frac{\partial f}{\partial y}\right]^2}=\sqrt{\left[\frac{\partial f}{\partial x'}\right]^2+\left[\frac{\partial f}{\partial y'}\right]^2}=G(x',y')$$

所以,梯度幅值具有各向同性和旋转不变性。也即梯度是一个各向同性的微分算子。

4.7 点运算图像增强方式与空间运算图像增强方式有什么区别?

答:点运算是一种逐像素点对图像进行变换的增强方法,典型的方法是对比度拉伸灰度变换方法。空间运算是一种利用模板或掩模,对图像中各个邻域的像素进行处理的运算方法。

两者的区别是,点运算每次只对一个像素点进行运算处理;而空间运算是同时对图像中的某一邻域的多个像素进行运算处理。

4.8 在空间域中,图像平滑和图像锐化算子中的系数值各有什么特征?

答:图像平滑用于消除图像中的噪声,其基本思路是采用邻域平均法,也即通过图像平滑算子与图像的卷积运算,使平滑算子涵盖的邻域范围内的像素进行加权平均。因此图像平滑算子中的元素都为正数;为了增强算子中心元素的重要性,更好地近似具有高斯概率分布的噪声特性,有些算子的中心元素取其邻域元素值之和的 2 倍值,所以平滑算子是以主对角线和负对角线分别对称的对称矩阵。另外,由于平滑算子采用邻域平均的方法,所以该类算子还包含一个其分母值等于算子中各元素值之和的分数系数。几个典型的图像平滑算子如:

$$H_1=\frac{1}{9}\begin{bmatrix}1&1&1\\1&1&1\\1&1&1\end{bmatrix}\quad H_2=\frac{1}{10}\begin{bmatrix}1&1&1\\1&2&1\\1&1&1\end{bmatrix}\quad H_3=\frac{1}{16}\begin{bmatrix}1&2&1\\2&4&2\\1&2&1\end{bmatrix}$$

图像锐化用于提升图像的边缘和轮廓,其基本思路是利用梯度算子和二阶偏导数算子与图像进行卷积,在实现中是用差分近似梯度和偏导数。锐化算子分为各向同性算子和各向不同性算子:对于各向同性锐化算子,算子的中心元素或为正整数或为负整数,而其邻域元素一般取与其中心元素符号相反的负整数或正整数,且该类算子是以主对角线和负对角线分别对称的对称矩阵,算子中各元素值之和应为零。几个典型拉普拉斯算子各向同性图像锐化算子为:

$$H_1=\begin{bmatrix}0&1&0\\1&-4&1\\0&1&0\end{bmatrix}\quad H_2=\begin{bmatrix}0&-1&0\\-1&4&-1\\0&-1&0\end{bmatrix}\quad H_3=\begin{bmatrix}1&-2&1\\-2&4&-2\\1&-2&1\end{bmatrix}$$

$$H_4=\begin{bmatrix}1&1&1\\1&-8&1\\1&1&1\end{bmatrix}\quad H_5=\begin{bmatrix}-1&-1&-1\\-1&8&-1\\-1&-1&-1\end{bmatrix}$$

对于 3×3 各向异性锐化算子,算子的中间一行(对应于水平方向)或中间一列(对应于垂直方向)元素的值为零,而被中间一行隔离的两行或被中间一列隔离的两列的元素互为相反数。中间一行为零的为水平方向(y 方向,相对于图像显示坐标)锐化算子,中间一列为零的为垂直方向(x 方向)锐化算子,这样就可通过具有同方向两行/列的相反值特征的算子与图像的卷积,达到增强/检测该方向边缘的目的。几个典型各向异性图像锐化算子如下。

Sobel(各向异性)锐化算子:

$$H_x = \begin{bmatrix} -1 & 0 & 1 \\ -2 & 0 & 2 \\ -1 & 0 & 1 \end{bmatrix} \qquad H_y = \begin{bmatrix} -1 & -2 & -1 \\ 0 & 0 & 0 \\ 1 & 2 & 1 \end{bmatrix}$$

Prewitt(各向异性)锐化算子：

$$H_x = \begin{bmatrix} -1 & 0 & 1 \\ -1 & 0 & 1 \\ -1 & 0 & 1 \end{bmatrix} \qquad H_y = \begin{bmatrix} -1 & -1 & -1 \\ 0 & 0 & 0 \\ 1 & 1 & 1 \end{bmatrix}$$

4.9 图像平滑(低通滤波)的主要用途是什么？该操作对图像质量会带来什么负面影响？

答：图像平滑的主要用途是消除图像中的噪声。

该操作对图像质量带来的负面影响是：由于平滑算子实质上是一种低通滤波器，且图像中的边缘反映的是图像中的细节和高频信息，所以在利用邻域平均法进行图像平滑或利用低通滤波进行图像消噪的同时，会使图像的边缘变得模糊。并且，进行图像平滑的模板的大小与图像平滑的效果密切相关，模板尺寸越大，平滑后的图像就越模糊。

4.10 图像锐化(高通滤波)的主要用途是什么？该操作对图像质量会带来什么负面影响？

答：图像锐化主要用于突出和加强图像中景物的边缘和轮廓。

该操作对图像质量带来的负面影响是：由于锐化算子实质是一种高通滤波器，通过图像锐化在增强图像边界和细节的同时，也使噪声得到了加强。另外，各向异性算子由于算子中间一行/一列两边元素的相反值特征，会使锐化后的图像的边缘比较粗。因此，进行图像锐化处理的图像应有较高的信噪比，否则经锐化后的图像的质量会进一步降低。

4.11 中值滤波的主要用途是什么？与低通滤波相比，它有哪些优越性？

答：中值滤波的主要用途是消除图像中的噪声，并且对于消除图像中的随机噪声和脉冲噪声非常有效。

与频率域低通滤波相比，中值滤波运算简单，在滤除噪声的同时能很好地保护图像的边缘和锐角等细节信息。

4.12 高斯函数具有什么特点？

答：高斯函数的傅里叶变换和反变换均为高斯函数，所以可以用来寻找空间域与频率域之间的联系。

4.3 图像增强处理程序

1. 灰度图像的灰度切片程序

下面是 Borland C++ Builder 6.0 环境下的 256 灰度图像的灰度切片程序。

```
/ *****************************************************************
Unit1.h
*****************************************************************  /
//--------------------------------------------------------------
```

```
# ifndef Unit1H
# define Unit1H
// ------------------------------------------------------------
# include <Classes.hpp>
# include <Controls.hpp>
# include <StdCtrls.hpp>
# include <Forms.hpp>
# include <Dialogs.hpp>
# include <ExtCtrls.hpp>
# include <ExtDlgs.hpp>
# include <Graphics.hpp>
// ------------------------------------------------------------
class TForm1: public TForm
{
_published:     //IDE - managed Components
  TImage * Image1;
  TImage * Image2;
  TImage * Image3;
  TImage * Image4;
  TImage * Image5;
  TImage * Image6;
  TImage * Image7;
  TImage * Image8;
  TImage * Image9;
  TButton * Button1;
  TButton * Button2;
  TOpenPictureDialog * OpenPictureDialog1;
  void _fastcall Button2Click(TObject * Sender);
  void _fastcall Button1Click(TObject * Sender);
private:     //User declarations
public:      //User declarations
  _fastcall TForm1(TComponent * Owner);
};
// ------------------------------------------------------------
extern PACKAGE TForm1 * Form1;
// ------------------------------------------------------------
# endif


/ ***********************************************************************
灰度切片程序
Unit1.cpp
 *********************************************************************** /
// ------------------------------------------------------------
# include <vcl.h>
# pragma hdrstop

# include "Unit1.h"
// ------------------------------------------------------------
# pragma package(smart_init)
# pragma resource " * .dfm"
TForm1 * Form1;
```

```
// -------------------------------------------------------------
_fastcall TForm1::TForm1(TComponent * Owner)
   : TForm(Owner)
{
}
// -------------------------------------------------------------
void _fastcall TForm1::Button2Click(TObject * Sender)
{
if(Form1->OpenPictureDialog1->Execute())
    Image1->Picture->LoadFromFile(OpenPictureDialog1->FileName);
}
// -------------------------------------------------------------
void _fastcall TForm1::Button1Click(TObject * Sender)
{
//        图像按照"字节位"进行分割
Byte * ptr;
for(int i = 0;i<Image1->Picture->Bitmap->Height;i++)
    {
    ptr = (Byte * )Image1->Picture->Bitmap->ScanLine[i];
    for(int j = 0;j<Image1->Picture->Bitmap->Width;j++)
        {
            if(StrToInt(ptr[j])&128)
                Image2->Canvas->Pixels[j][i] = RGB(255,255,255);
            else
                Image2->Canvas->Pixels[j][i] = RGB(0,0,0);
            if(StrToInt(ptr[j])&64)
                Image3->Canvas->Pixels[j][i] = RGB(255,255,255);
            else
                Image3->Canvas->Pixels[j][i] = RGB(0,0,0);
            if(StrToInt(ptr[j])&32)
                Image4->Canvas->Pixels[j][i] = RGB(255,255,255);
            else
                Image4->Canvas->Pixels[j][i] = RGB(0,0,0);
            if(StrToInt(ptr[j])&16)
                Image5->Canvas->Pixels[j][i] = RGB(255,255,255);
            else
                Image5->Canvas->Pixels[j][i] = RGB(0,0,0);
            if(StrToInt(ptr[j])&8)
                Image6->Canvas->Pixels[j][i] = RGB(255,255,255);
            else
                Image6->Canvas->Pixels[j][i] = RGB(0,0,0);
            if(StrToInt(ptr[j])&4)
                Image7->Canvas->Pixels[j][i] = RGB(255,255,255);
            else
                Image7->Canvas->Pixels[j][i] = RGB(0,0,0);
            if(StrToInt(ptr[j])&2)
                Image8->Canvas->Pixels[j][i] = RGB(255,255,255);
            else
                Image8->Canvas->Pixels[j][i] = RGB(0,0,0);
            if(StrToInt(ptr[j])&1)
                Image9->Canvas->Pixels[j][i] = RGB(255,255,255);
```

```
                else
                    Image9 ->Canvas ->Pixels[j][i] = RGB(0,0,0);
            }
        }
            Image2 ->Canvas ->TextOutA(160,155,"7");
            Image3 ->Canvas ->TextOutA(160,155,"6");
            Image4 ->Canvas ->TextOutA(160,155,"5");
            Image5 ->Canvas ->TextOutA(160,155,"4");
            Image6 ->Canvas ->TextOutA(160,155,"3");
            Image7 ->Canvas ->TextOutA(160,155,"2");
            Image8 ->Canvas ->TextOutA(160,155,"1");
            Image9 ->Canvas ->TextOutA(160,155,"0");
}
// ------------------------------------------------------------
```

2. 图像灰度变换程序

下面是 Borland C++ Builder 6.0 环境下的 256 灰度图像的图像灰度变换程序。

```
/ ***********************************************************************
Unit1.h
 *********************************************************************** /
// ------------------------------------------------------------

#ifndef Unit1H
#define Unit1H
// ------------------------------------------------------------
#include <Classes.hpp>
#include <Controls.hpp>
#include <StdCtrls.hpp>
#include <Forms.hpp>
#include <ExtCtrls.hpp>
#include <Graphics.hpp>
// ------------------------------------------------------------
class TForm1: public TForm
{
_published:     //IDE - managed Components
    TImage * Image1;
    TImage * Image2;
    TImage * Image3;
    TImage * Image4;
    TImage * Image5;
    TImage * Image6;
    TImage * Image7;
    TImage * Image8;
    TButton * Button1;
    TMemo * Memo1;
    void _fastcall Button1Click(TObject * Sender);
private:     //User declarations
public:     //User declarations
    _fastcall TForm1(TComponent * Owner);
```

```
};
// ------------------------------------------------------------
extern PACKAGE TForm1 * Form1;
// ------------------------------------------------------------
#endif
```

```
/ ********************************************************************
图像灰度变换程序
Unit1.cpp
******************************************************************** /
// ------------------------------------------------------------
```

```
#include <vcl.h>
#pragma hdrstop

#include "Unit1.h"
// ------------------------------------------------------------
#pragma package(smart_init)
#pragma resource "*.dfm"
TForm1 * Form1;
// ------------------------------------------------------------
_fastcall TForm1::TForm1(TComponent * Owner)
    : TForm(Owner)
{
}
// ------------------------------------------------------------

void _fastcall TForm1::Button1Click(TObject * Sender)
{
//图像灰度变换
Graphics::TBitmap * tBitmap = new Graphics::TBitmap();
tBitmap->Assign(Image1->Picture->Bitmap);
Byte * ptr;
for(int i = 0;i<tBitmap->Height;i++)
    {
    ptr = (Byte *)tBitmap->ScanLine[i];
    for(int j = 0;j<tBitmap->Width;j++)
        {
            //图像 2 整体变亮
            if(StrToInt(ptr[j]) * 1.7>255)
                Image2->Canvas->Pixels[j][i] = TColor(RGB(255,255,255));
            else
                Image2->Canvas->Pixels[j][i] =
                TColor(RGB(StrToInt(ptr[j]) * 1.7,StrToInt(ptr[j]) * 1.7,StrToInt(ptr[j]) * 1.7));

            //图像 3 整体变暗
            if(StrToInt(ptr[j]) * 0.8>1)
                Image3->Canvas->Pixels[j][i] =
                TColor(RGB(StrToInt(ptr[j]) * 0.8,StrToInt(ptr[j]) * 0.8,StrToInt(ptr[j]) * 0.8));
            else
```

```
        Image3 - >Canvas - >Pixels[j][i] = TColor(RGB(0,0,0));

    //图像 4 局部灰度变换
    if(80<StrToInt(ptr[j])&&StrToInt(ptr[j])<160)
        Image4 - >Canvas - >Pixels[j][i] =
        TColor(RGB(StrToInt(ptr[j]),StrToInt(ptr[j]),StrToInt(ptr[j])));
    else
        Image4 - >Canvas - >Pixels[j][i] = TColor(RGB(0,0,0));

    //图像 5 亮区均匀变亮
    if(StrToInt(ptr[j])>80)
        Image5 - >Canvas - >Pixels[j][i] =
        TColor(RGB((StrToInt(ptr[j]) - 80) * 2,(StrToInt(ptr[j]) - 80) * 2,(StrToInt
        (ptr[j]) - 80) * 2));
    else
        Image5 - >Canvas - >Pixels[j][i] = TColor(RGB(0,0,0));

    //图像 6～8 灰度值在[80,160]之间的变为 220
    if(80<StrToInt(ptr[j])&&StrToInt(ptr[j])<160)
        {
        Image6 - >Canvas - >Pixels[j][i] = TColor(RGB(220,220,220));
        Image7 - >Canvas - >Pixels[j][i] = TColor(RGB(220,220,220));
        Image8 - >Canvas - >Pixels[j][i] = TColor(RGB(220,220,220));
        }
    else
        {
        //其他的灰度值变为 50
        Image6 - >Canvas - >Pixels[j][i] = TColor(RGB(50,50,50));
        //其他的灰度值变为 0
        Image7 - >Canvas - >Pixels[j][i] = TColor(RGB(0,0,0));
        //其他的灰度值不变
        Image8 - >Canvas - >Pixels[j][i] = TColor(RGB(StrToInt(ptr[j]),
                            StrToInt(ptr[j]),StrToInt(ptr[j])));
        }
      }
    }
}
// ------------------------------------------------------------
```

3. 图像灰度均衡程序

下面是 Borland C++ Builder 6.0 环境下的 256 灰度图像的图像灰度均衡程序。

```
/ **********************************************************************
Unit1.h
 ********************************************************************** /
// ------------------------------------------------------------

// ------------------------------------------------------------

# ifndef Unit1H
# define Unit1H
```

```
// --------------------------------------------------------------
#include <Classes.hpp>
#include <Controls.hpp>
#include <StdCtrls.hpp>
#include <Forms.hpp>
#include <Dialogs.hpp>
#include <ExtCtrls.hpp>
#include <ExtDlgs.hpp>
#include <Graphics.hpp>
// --------------------------------------------------------------
class TForm1: public TForm
{
_published:     //IDE-managed Components
    TScrollBox * ScrollBox1;
    TImage * Imagecr;
    TButton * Button1;
    TButton * Button2;
    TOpenPictureDialog * OpenPictureDialog1;
    void _fastcall Button2Click(TObject * Sender);
    void _fastcall Button1Click(TObject * Sender);
private:    //User declarations
    void _fastcall TForm1::hdjh();//灰度均衡
public:     //User declarations
    _fastcall TForm1(TComponent * Owner);
};
// --------------------------------------------------------------
extern PACKAGE TForm1 * Form1;
// --------------------------------------------------------------
#endif
```

```
/ *********************************************************************
图像灰度均衡程序
Unit1.cpp
********************************************************************* /
// --------------------------------------------------------------

#include <vcl.h>
#pragma hdrstop

#include "Unit1.h"
// --------------------------------------------------------------
#pragma package(smart_init)
#pragma resource " * .dfm"
TForm1 * Form1;
// --------------------------------------------------------------
_fastcall TForm1::TForm1(TComponent * Owner)
    : TForm(Owner)
{
}
// --------------------------------------------------------------
```

```
void _fastcall TForm1::Button2Click(TObject * Sender)
{
    if(Imagecr->Picture->Bitmap->Empty)
      return;
    hdjh();
}
//-------------------------------------------------------------
void _fastcall TForm1::Button1Click(TObject * Sender)
{
if(Form1->OpenPictureDialog1->Execute())
        Imagecr->Picture->LoadFromFile(OpenPictureDialog1->FileName);
}
//-------------------------------------------------------------

void _fastcall TForm1::hdjh()//灰度均衡
{       Graphics::TBitmap * pbitmap;
        TImage * Image1 = new TImage(this);
        Image1->Parent = ScrollBox1;
        Image1->AutoSize = true;
        Image1->Picture = Imagecr->Picture;
    Byte   * lpSrc;
    //临时变量
    long   lTemp;
    //循环变量
    long   i;
    long   j;
    //灰度映射表
    Byte   bMap[256];
    //灰度映射表
    long   lCount[256];
        pbitmap = Image1->Picture->Bitmap;
    //重置计数为 0
    for (i = 0; i < 256; i++)
    {
        //清零
        lCount[i] = 0;
    }
    //计算各个灰度值的计数
    for (i = 0; i < pbitmap->Height; i++)
    {
                lpSrc = (Byte *)pbitmap->ScanLine[i];
        for (j = 0; j < pbitmap->Width; j++)
        {
            //计数加 1
            lCount[lpSrc[j]]++;
        }
    }
    //计算灰度映射表
    for (i = 0; i < 256; i++)
    {
```

```
        //初始值为 0
        lTemp = 0；
        for (j = 0；j < = i；j++)
        {
            lTemp += lCount[j]；
        }
        //计算对应的新灰度值
        bMap[i] = (BYTE)(lTemp * 255 /pbitmap － >Height/pbitmap － >Width)；
    }
    //每行
    for(i = 0；i < pbitmap － >Height；i++)
    {
            lpSrc = (Byte *)pbitmap － >ScanLine[i]；
        for(j = 0；j < pbitmap － >Width；j++)
        {
            //计算新的灰度值
            lpSrc[j] = bMap[lpSrc[j]]；
        }
    }
    Image1 － >Picture － >Bitmap = pbitmap；
    Imagecr － >Picture = Image1 － >Picture；
    Imagecr － >Visible = true；
    delete Image1；
    //返回
    return；
}
// --------------------------------------------------------------
```

4. 图像灰度平滑程序

下面是 Borland C++ Builder 6.0 环境下的 256 灰度图像的图像灰度均衡平滑程序。

```
/ *********************************************************************
Unit1.h
********************************************************************* /
// --------------------------------------------------------------

# ifndef Unit1H
# define Unit1H
// --------------------------------------------------------------
# include <Classes.hpp>
# include <Controls.hpp>
# include <StdCtrls.hpp>
# include <Forms.hpp>
# include <Dialogs.hpp>
# include <ExtCtrls.hpp>
# include <ExtDlgs.hpp>
// --------------------------------------------------------------
class TForm1：public TForm
{
_published：    //IDE － managed Components
```

```
    TScrollBox * ScrollBox1;
    TImage * Imagecr;
    TButton * Button1;
    TButton * Button2;
    TButton * Button3;
    TOpenPictureDialog * OpenPictureDialog1;
    void _fastcall Button1Click(TObject * Sender);
    void _fastcall Button2Click(TObject * Sender);
    void _fastcall Button3Click(TObject * Sender);
private:    //User declarations
    void _fastcall TForm1::ztxph(AnsiString mb);//图像平滑
public:    //User declarations
    _fastcall TForm1(TComponent * Owner);
};
// -----------------------------------------------------------
extern PACKAGE TForm1 * Form1;
// -----------------------------------------------------------
#endif


/ **********************************************************************
图像灰度均衡程序
Unit1.cpp
********************************************************************** /
// -----------------------------------------------------------

#include <vcl.h>
#pragma hdrstop

#include "Unit1.h"
// -----------------------------------------------------------
#pragma package(smart_init)
#pragma resource "*.dfm"
TForm1 * Form1;
// -----------------------------------------------------------
_fastcall TForm1::TForm1(TComponent * Owner)
    : TForm(Owner)
{
}
// -----------------------------------------------------------

void _fastcall TForm1::Button1Click(TObject * Sender)
{//打开灰度图像
if(Form1 - >OpenPictureDialog1 - >Execute())
    Imagecr - >Picture - >LoadFromFile(OpenPictureDialog1 - >FileName);
}
// -----------------------------------------------------------

void _fastcall TForm1::Button2Click(TObject * Sender)
{//平均模板
if(Imagecr - >Picture - >Bitmap - >Empty)
```

```
            return;
    Imagecr - >Picture - >LoadFromFile(OpenPictureDialog1 - >FileName);
    AnsiString mb;
    mb = "pjmb";
    ztxph(mb);
    }
    // ------------------------------------------------------------
    void _fastcall TForm1∷Button3Click(TObject * Sender)
    {//高斯模板
    if(Imagecr - >Picture - >Bitmap - >Empty)
            return;
    Imagecr - >Picture - >LoadFromFile(OpenPictureDialog1 - >FileName);
    AnsiString mb;
    mb = "gsmb";
    ztxph(mb);
    }
    // ------------------------------------------------------------

    void _fastcall TForm1∷ztxph(AnsiString mb)//图像平滑
    {
        Graphics∷TBitmap * pbitmap;
        TImage * Image1 = new TImage(this);
        Image1 - >Parent = ScrollBox1;
        Image1 - >AutoSize = true;
        Image1 - >Picture = Imagecr - >Picture;
        pbitmap = Image1 - >Picture - >Bitmap;
        Byte * buf1;
        Byte * buf2;
        Byte * buf3;
        Byte c;
        int i,j;
        long temp;
        for (i = 0;i<pbitmap - >Height;i++)
        {
            if(i == 0)
            {
                buf1 = (Byte * )pbitmap - >ScanLine[i];
                buf2 = (Byte * )pbitmap - >ScanLine[i];
                buf3 = (Byte * )pbitmap - >ScanLine[i + 1];
            }
            else
            {
                if(i == (pbitmap - >Height - 1))
                {
                    buf1 = (Byte * )pbitmap - >ScanLine[i - 1];
                    buf2 = (Byte * )pbitmap - >ScanLine[i];
                    buf3 = (Byte * )pbitmap - >ScanLine[i];
                }
                else
                {
                    buf1 = (Byte * )pbitmap - >ScanLine[i - 1];
```

```
                    buf2 = (Byte * )pbitmap->ScanLine[i];
                    buf3 = (Byte * )pbitmap->ScanLine[i + 1];
                }
            }
        for (j = 0; j < pbitmap->Width; j++)
        {
            if(mb == "pjmb")
            {
                if(j == 0)
                {
temp = buf1[j] + buf1[j + 1] + buf1[j] + buf2[j] + buf2[j + 1] + buf3[j] + buf3[j] + buf3[j + 1];
                }
                else
                {
                    if(j == (pbitmap->Width - 1))
                    {
temp = buf1[j - 1] + buf1[j] + buf1[j] + buf2[j] + buf2[j - 1] + buf3[j] + buf3[j] + buf3[j - 1];
                    }
                    else
                    {
temp = buf1[j - 1] + buf1[j + 1] + buf1[j] + buf2[j - 1] + buf2[j + 1] + buf3[j] + buf3[j - 1] +
buf3[j + 1];
                    }
                }
                temp = temp/8;
            }
            if(mb == "gsmb")
            {
                if(j == 0)
                {
temp = buf1[j] + buf1[j + 1] + 2 * buf1[j] + 2 * buf2[j] + 2 * buf2[j + 1] + buf3[j] + 2 * buf3[j] +
buf3[j + 1];
                }
                else
                {
                    if(j == (pbitmap->Width - 1))
                    {
temp = buf1[j - 1] + 2 * buf1[j] + buf1[j] + 2 * buf2[j] + 2 * buf2[j - 1] + buf3[j] + 2 * buf3[j] +
buf3[j - 1];
                    }
                    else
                    {

temp = buf1[j - 1] + buf1[j + 1] + 2 * buf1[j] + 2 * buf2[j - 1] + 2 * buf2[j + 1] + 2 * buf3[j] +
buf3[j - 1] + buf3[j + 1];
                    }
                }
                temp = temp/12;
            }

            c = (char)(abs(temp - (int)buf2[j]));
```

```
                          if(c>127)
                          {
                               buf2[j]=(char)temp;
                          }
                     }
               }
          }
     Image1->Picture->Bitmap=pbitmap;
     Imagecr->Picture=Image1->Picture;
     Imagecr->Visible=true;
     delete Image1;
     return;
}
//-------------------------------------------------------------
```

5. 图像中值滤波程序

下面是 Borland C++ Builder 6.0 环境下的 256 灰度图像的图像滤波程序。

```
/ ********************************************************************
Unit1.h
********************************************************************* /
//-------------------------------------------------------------

#ifndef Unit1H
#define Unit1H
//-------------------------------------------------------------
#include <Classes.hpp>
#include <Controls.hpp>
#include <StdCtrls.hpp>
#include <Forms.hpp>
#include <Dialogs.hpp>
#include <ExtCtrls.hpp>
#include <ExtDlgs.hpp>
//-------------------------------------------------------------
class TForm1: public TForm
{
_published:    //IDE-managed Components
  TScrollBox * ScrollBox1;
  TImage * Imagecr;
  TButton * Button1;
  TButton * Button2;
  TOpenPictureDialog * OpenPictureDialog1;
  void _fastcall Button1Click(TObject * Sender);
  void _fastcall Button2Click(TObject * Sender);
private:    //User declarations
  void _fastcall TForm1::txlb();//图像滤波
public:    //User declarations
  _fastcall TForm1(TComponent * Owner);
};
//-------------------------------------------------------------
extern PACKAGE TForm1 * Form1;
```

```
// ------------------------------------------------------------
#endif


/ *********************************************************************
图像滤波程序
Unit1.cpp
********************************************************************* /
// ------------------------------------------------------------

#include <vcl.h>
#pragma hdrstop

#include "Unit1.h"
#define WIDTHBYTES(bits) (((bits) + 31) / 32 * 4)
// ------------------------------------------------------------
#pragma package(smart_init)
#pragma resource "*.dfm"
TForm1 *Form1;
// ------------------------------------------------------------

_fastcall TForm1::TForm1(TComponent *Owner)
    : TForm(Owner)
{
}


// ------------------------------------------------------------

void _fastcall TForm1::Button1Click(TObject *Sender)
{//打开灰度图像
if(Form1->OpenPictureDialog1->Execute())
    Imagecr->Picture->LoadFromFile(OpenPictureDialog1->FileName);
}
// ------------------------------------------------------------

void _fastcall TForm1::Button2Click(TObject *Sender)
{//图像滤波
    if(Imagecr->Picture->Bitmap->Empty)
        return;
    Imagecr->Picture->LoadFromFile(OpenPictureDialog1->FileName);
    txlb();
}

// ------------------------------------------------------------

void _fastcall TForm1::txlb()//图像滤波
{
    Graphics::TBitmap *pbitmap;
    TImage *Image1 = new TImage(this);
    Image1->Parent = ScrollBox1;
    Image1->AutoSize = true;
```

```
Image1 - >Picture = Imagecr - >Picture；
pbitmap = Image1 - >Picture - >Bitmap；
unsigned char * buf1；
unsigned char * buf2；
unsigned char * buf3；
unsigned char * buf4；
unsigned char temp,line[9]；
int i,j,k,h,lLineBytes；
lLineBytes = WIDTHBYTES(pbitmap - >Width * 8)；
for(i = 0;i<pbitmap - >Height;i++)
{
    buf4 = (Byte * )pbitmap - >ScanLine[i]；
    if(i == 0)
    {
        buf1 = (unsigned char * )pbitmap - >ScanLine[i]；
        buf2 = (unsigned char * )pbitmap - >ScanLine[i]；
        buf3 = (unsigned char * )pbitmap - >ScanLine[i + 1]；
    }
    else
    {
        if(i == (pbitmap - >Height - 1))
        {
            buf1 = (unsigned char * )pbitmap - >ScanLine[i - 1]；
            buf2 = (unsigned char * )pbitmap - >ScanLine[i]；
            buf3 = (unsigned char * )pbitmap - >ScanLine[i]；
        }
        else
        {
            buf1 = (unsigned char * )pbitmap - >ScanLine[i - 1]；
            buf2 = (unsigned char * )pbitmap - >ScanLine[i]；
            buf3 = (unsigned char * )pbitmap - >ScanLine[i + 1]；
        }
    }
    for(k = 0;k<lLineBytes;k++)
    {
        for(j = 0;j<3;j++)
        {
            if(k == 0&&j == 0)
            {
                line[0] = buf1[0]；
                line[1] = buf2[0]；
                line[2] = buf3[0]；
            }
            else
            {
                if((k == lLineBytes - 1)&&(j == 2))
                {
                    line[6] = buf1[k]；
                    line[7] = buf2[k]；
                    line[8] = buf3[k]；
                }
```

```
                else
                {
                     line[j * 3] = buf1[j + k - 1];
                     line[j * 3 + 1] = buf2[j + k - 1];
                     line[j * 3 + 2] = buf3[j + k - 1];
                }
            }
        }
    for(j = 0;j<8;j++)
    {
        for(h = 0;h<8 - j;h++)
        {
            if(line[h]>line[h + 1])
            {
                temp = line[h];
                line[h] = line[h + 1];
                line[h + 1] = temp;
            }
        }
    }
    buf4[k] = line[4];
    }
}
Image1 - >Picture - >Bitmap = pbitmap;
Imagecr - >Picture = Image1 - >Picture;
delete Image1;
return;
}
```

第5章

图 像 恢 复

图像恢复相对于其他章的内容来说,一般被认为在应用上专业性比较强。因此对其内容要有条理性地学习理解。

5.1　内 容 解 析

图像恢复是图像处理中的一个十分具有挑战性的问题。时间久远的退化图像的恢复的关键是图像退化模型的建立,而图像退化模型的建立与物理学、气候学、化学、绘画学等知识相关。图像失真的校正主要是几何变换问题,相对比较简单。被噪声污染图像的恢复与图像增强部分的图像去噪方法密切相关,是图像处理技术中涉及的应用面广,处理技术也比较庞杂的一类问题。

5.1.1　传统意义上的退化图像恢复问题

这部分内容指主教材5.1节和5.2节中的内容。

一般来说,图像恢复与图像增强的目的类似,都是旨在改善图像的质量,但图像恢复是一种对退化(或品质下降)了的图像去除退化因素,并进而复原或重建被退化了的图像的技术,它以保真原则为前提。进行图像恢复的基本思路就是找出使原图像退化的因素,将图像的退化过程模型化,并据此采用相反的过程对图像进行处理,从而尽可能地恢复出原图像来。

这部分内容的要点主要包括以下几方面。

(1) 原图像的本来面目是不知道的,已知的只是已经退化了的图像。

(2) 图像恢复问题的关键是根据已知的退化了的图像,分析它的退化因素,建立符合于使该图像退化于此的退化模型。

(3) 由于建立的退化模型不同,恢复后的图像不唯一,也没有绝对的判别恢复成的哪一幅图像与原图像最相像的标准(因为原图像根本就不知道)。

(4) 图像恢复运算的许多应用的都是迭代运算方法。

5.1.2　图像失真的校正

由于成像传感器自身的失真或图像传感器承载工具姿态的偏差等引起的图像几何形状的失真问题,是遥感应用中最常碰到的图像预处理问题。

图像失真的校正包括坐标的几何校正和灰度值的恢复两个方面。几何校正主要是把透视失真、枕形失真、桶形失真,或其他扭曲型失真的图像,也即像素点非规则地排列分布的图像,通过几何变换方法恢复成像素点阵列排列规则、间距分布均匀的图像。灰度值恢复主要是在几何失真恢复后,通过灰度插值方法给恢复后规则排列的像素阵列中的各标准像素点位置赋予最适合的像素值,具体来说就是把最靠近这些标准位置上的非标准位置的灰度值作为标准位置上的像素点的灰度值。

5.1.3　被噪声污染图像的恢复

图像恢复中的被噪声污染图像的恢复与图像增强中的通过消除图像噪声而使图像更加清晰的图像增强方法的目的是一样的,即都是使因叠加了噪声而模糊或不清晰的图像去除噪声来达到恢复原图像本来面目。因此说图像增强与图像恢复在内容上有一定重叠性,而本章的内容是对图像增强一章中有关通过消除图像噪声而使图像更加清晰的图像增强方法的进一步扩充、发展和完善。

这部分的主要内容一是对各类噪声模型、噪声特性的深刻理解,二是对扩展的新的图像去噪方法的学习和综合应用。对图像处理中常用的噪声叠加方法的应用及叠加方法的探索,是理解噪声模型的主要途径,对于抓住图像噪声消除方法的实质具有非常重要的作用。

5.2　习题 5 解答

5.1　解释下列术语。

(1) 图像恢复:图像恢复就是使退化了的图像去除退化因素,并以最大的保真度恢复成原来图像的一种技术。

(2) 非线性退化:在摄影过程中,由于曝光量和感光密度的非线性关系,会引起图像的非线性退化。举例来说,在光学记录中,胶片上的光密度值和曝光量的关系($D-\lg H$ 特性曲线)存在非线性关系。在光电记录中,输出的信号电流和入射光强间同样具有非线性关系。若把图像记录的非线性因素考虑进去,图像退化模型可写成

$$g(x,y) = S[b(x,y) + n(x,y)]$$

其中,

$$b(x,y) = \iint\limits_{-\infty}^{\infty} h(x,\alpha;y,\beta) f(\alpha,\beta)\,\mathrm{d}\alpha\mathrm{d}\beta$$

这种非线性退化模型的方框图如图 5-1 所示。

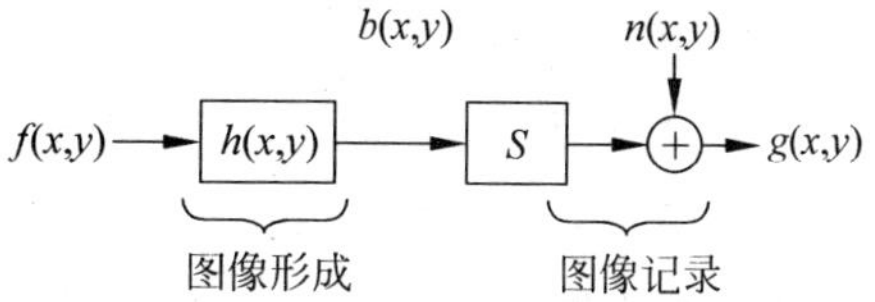

图 5-1　一种非线性图像退化模型

（3）空间模糊退化：在光学成像系统中，由于光穿过孔径时发生的衍射作用而导致的图像退化是一种典型的空间模糊退化。

（4）高斯噪声：是一种源于电子电路噪声和由低照明度或高温带来的传感器噪声。高斯噪声也称为正态噪声，其概率密度函数为

$$p(z) = \frac{1}{\sqrt{2\pi}\sigma}e^{-(z-\mu)^2/2\sigma^2}$$

（5）白噪声：当图像面上不同点的噪声不相关时，称为白噪声，其功率谱密度为常数，也即其强度不随频率的增加而衰减。白噪声是一个数学上的抽象概念，实用上，只要噪声带宽远大于图像带宽，就可以把它看做是白噪声。

（6）椒盐噪声：椒盐噪声类似于随机分布在图像上的亮点和暗点，通常被数字化为最大灰度值的纯白或最小灰度值的纯黑。将黑点形象为胡椒点，将白点形象为盐点，因而名为椒盐噪声。把白点看做正脉冲，黑点看做负脉冲，所以椒盐噪声也称为脉冲噪声，有时也将其称为散粒噪声或尖峰噪声。

（7）灰度插值：对于数字图像来说，不管是原图像 $f(x,y)$，还是产生了几何畸变的失真图像 $g(x',y')$，其像素值都应定义在整数坐标上，也即 x、y、x'、y' 都应是整数值。然而在对具有几何畸变的图像的恢复过程中，根据空间坐标变换模型确定的待定系数计算出的 x' 和 y' 往往是非整数值，而由非整数值确定的坐标 (x',y') 上的灰度值是没有定义的，所以就要用其周围最靠近 (x',y') 的整数坐标位置上的像素值来推算坐标位置 (x',y') 上的像素值，实现这种功能的技术就称为灰度插值。

（8）最近邻插值：在图像几何校正过程中，由于由空间坐标变换模型的待定系数计算出的非整数值 x' 和 y' 确定的坐标 (x',y') 上的灰度值是没有定义的，最近邻插值是将离 (x', y') 点最近的像素的灰度值看做是 (x',y') 点的灰度值赋予理想非失真图像 $\hat{f}(x,y)$ 的位于 (x,y) 处的像素的一种灰度插值方法。

5.2　图像恢复的基本思路是什么？

答：图像恢复的基本思路就是找出使原图像退化的因素和使图像质量降低的物理过程，建立退化图像的退化模型，并据此采用相反的过程对图像进行处理，从而尽可能地恢复出原图来。

5.3　试画出几种最常见的退化现象的物理模型。

答：有 4 种常见的退化现象的物理模型，如图 5-2 所示。

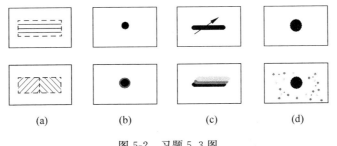

图 5-2　习题 5.3 图

图 5-2(a)是点的一种非线性退化模型。图 5-2(b)是一种空间模糊退化模型。图 5-2(c)是一种由于目标或成像设备旋转或平移而引起的退化模型。图 5-2(d)是一种由于叠加了随

机噪声而引起的退化模型。

5.4 写出图像的二维离散退化模型。

答：图像的二维离散退化模型如下式所示。

$$g_e(x,y) = \sum_{m=0}^{M-1} \sum_{n=0}^{N-1} f_e(m,n) h_e(x-m,y-n) + n_e(x,y)$$

$$x = 0,1,2,\cdots,M-1; \ y = 0,1,2,\cdots,N-1$$

其中，$f_e(x,y)$ 为离散化后的原图像项，$h_e(x,y)$ 为离散化后的作用于原图像的退化过程，$n_e(x,y)$ 为离散化后的噪声项。它们是在 x 和 y 方向上周期长度分别为 M 和 N 的二维周期性离散函数。

5.5 图像恢复方法主要有哪几种分类方式？

答：图像恢复方法有多种分类方式。按图像的空间域和频率域处理方法可将图像恢复方法分为空间域恢复方法和频率域恢复方法；按图像恢复系统的控制方式可将图像恢复方法分为自动恢复方法和交互式恢复方法；按对图像恢复是否外加约束条件可将图像恢复方法分为无约束恢复方法和有约束恢复方法。

5.6 图像恢复病态性的含义是什么？

答：由于图像的退化模型可表示为 $g(x,y) = H[f(x,y)] + n(x,y)$，其中 $f(x,y)$ 是原图像，H 是用于原图像的退化运算，$n(x,y)$ 表示噪声引起图像的退化作用。

由于噪声具有随机性，这就使得退化图像可能有无限多的情况，所以恢复后的图像不具有唯一性，这被认为是图像恢复的病态性。

5.7 简述最小二乘方恢复方法。

答：最小二乘方恢复包括无约束恢复和有约束恢复两种。

(1) 无约束的最小二乘方恢复方法

设图像为方阵 $N \times N$，则根据无约束最小二乘方图像恢复原理，当已知退化函数 H 时，便可根据式

$$\hat{f} = H^{-1}g$$

由退化图像 g 求出原图像 f 的估计值 $\hat{f}$。

(2) 有约束的最小二乘方图像恢复方法

根据有约束最小二乘方图像恢复原理，设对原图像取一线性运算 Q，在约束条件

$$\| g - H\hat{f} \|^2 = \| n \|^2 \tag{1}$$

下，求使 $\| Q\hat{f} \|^2$ 为最小的原图像 f 的最佳估计值 $\hat{f}$：

$$\hat{f} = (rQ^{\mathrm{T}}Q + H^{\mathrm{T}}H)^{-1}H^{\mathrm{T}}g \tag{2}$$

就可求得恢复图像 $\hat{f}$。

5.8 常见的噪声主要有哪些？

答：常见的噪声主要有高斯噪声、瑞利噪声、均匀分布噪声、脉冲噪声（椒盐噪声）等。

5.9 被噪声污染图像的典型恢复方法有哪几种？它们分别适合于消除图像中的哪些噪声？

答：被噪声污染图像的典型恢复方法及适合于消除的噪声类型如下：

（1）谐波均值滤波恢复方法善于处理像高斯噪声那样的噪声，且对"盐"噪声处理效果很好，但要注意的是它不太适合于处理"胡椒点"噪声。

（2）逆谐波均值滤波恢复方法，比较适合于减少和消除椒盐噪声。

（3）中点滤波恢复方法，比较适合于消除高斯噪声和均匀随机分布类噪声。

（4）自适应中值滤波恢复方法，可以处理具有较大概率的冲击噪声，且在平滑其他非冲击噪声时可以保存图像中的边缘细节信息。

5.10 最典型的几何失真有哪几种？

答：最典型的失真有透视失真、枕形失真和桶形失真等。其失真形式如图 5-3（b）、（c）和（d）所示。

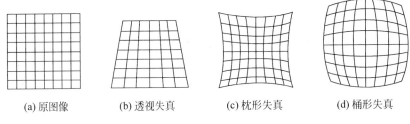

(a) 原图像　　　(b) 透视失真　　　(c) 枕形失真　　　(d) 桶形失真

图 5-3　习题 5.10 图示

5.11 对图像的几何失真是如何进行校正的？

答：对图像的几何校正一般分为两步。首先是对图像进行坐标变换，也即对图像平面上的像素坐标位置进行校正或重新排列，以恢复其原空间关系；其次是进行灰度级插值，也即对空间变换后的图像的像素赋予相应的灰度值，以恢复其原空间位置上的灰度值。

5.12 坐标变换的目的是什么？

答：图像的几何畸变在广义上属于一种图像退化现象，需要通过几何坐标变换来校正失真图像中像素之间的空间联系，以恢复其原空间关系，从而消除失真图像中的坐标失真现象。

5.13 利用最近邻插值法对图像进行几何校正时的步骤是什么？

答：最近邻插值法对图像进行矫正的步骤可以归结为：

（1）确定理想非失真图像和失真图像上的四边形及其对应点，把由整数值 x 和 y 确定的坐标 (x, y) 影射到由非整数值 x' 和 y' 确定的坐标 (x', y')。

（2）选择与 (x', y') 相邻最近的整数坐标。

（3）把第（2）步确定的整数坐标处的像素值赋给位于 (x, y) 处的像素。

第 **6** 章

图像压缩编码

从本质上讲,数字图像的压缩是在不同的图像质量要求(也即满足保持原图像数据信息量要求的程度)下,通过寻求图像数据的更有效的表征形式,以便用最少的位数表示一幅图像的技术。由于图像的表示实质上是编码问题,图像压缩与图像编码是不可分离的两个方面,所以本章的名称为图像压缩编码。

6.1　内　容　解　析

本章内容的学习主要把握好以下几点:一是总体把握本章内容在繁多的图像编码方法和图像编码技术中的地位;二是通过对图像编码模型的正确理解,理清本章各编码方法在图像编码系统中所起的作用及其位置;三是理清嵌入式编码方法与传统的编码方法的区别。

6.1.1　图像编码方法

在研究丰富多彩及内容复杂多变的图像编码技术时,应从图像的特征出发研究图像的编码问题。

1. 静止图像与活动图像的编码

根据图像中景物随时间变化性质的不同,图像分为静止图像和活动图像。静止图像是指图像中内容保持不变的一幅幅离散、独立的图像,照片是最典型的静止图像。活动图像是指在给定的时间段内由一系列按时间顺序编排的图像序列,即序列图像,电影胶片是最典型的活动图像。

与静止图像和活动图像相对应,可将图像编码分为静止图像编码和活动图像编码。静止图像编码就是以每一幅图像为单位独立进行编码的方法;活动图像编码是一种要充分考虑序列图像中的相邻(单幅)图像之间相关性的编码方法。显然,本章内容仅限于静止图像编码方法中的基本内容。

2. 单分量图像编码

二值图像和灰度图像都是单分量,可以简单地把每幅图像数据看做是一个二维数组。

彩色图像有多个彩色分量,例如,显示系统(器)通常使用 RGB 三个分量;彩色印刷通常使用 CMYK 四个分量;对于资源探测卫星的多光谱图像,每个频段对应一个分量。但对于图像的每个分量来说,该分量的数据都是一个二维数组。

对多分量图像的编码,实际上主要就是分别对每个分量进行编码。但为了获得最佳的压缩效率,通常在编码之前要使用合适的变换去除分量之间的相关性。显然,本章内容除特殊的位平面编码外,都是从二维数据阵列出发进行的单分量压缩编码。

3. 二值图像和连续色调图像编码

根据图像中每个分量像素幅度层次的不同,可把图像分为二值图像和连续色调图像。二值图像的分量只有两个幅度等级;连续色调图像的每个分量(灰度图像是单分量图像,彩色图像有多个分量)的幅度等级有 2^k 种,k 称为比特深度,对于常用的灰度图像,$k=8$;对于医学中反映人体软组织的图像,比特深度一般为 $10\sim12$。

由于二值图像与连续色调图像在信号的复杂性和统计性等方面的差别较大,因此具有不同的编码方法。本章讨论的编码方法既包括单分量二值图像的编码,比如几种最基本的编码方法和游程编码;也包括单分量连续色调编码,比如变换编码和基于小波变换的嵌入式零树编码。

图像压缩编码的要求包括:要能够提供足够高的图像清晰度;提供灵活的数据表示和组织方式,以满足各种图像的编码要求;图像的编码在传输时,码流应满足抗误码传输的要求等。

6.1.2　嵌入式编码方法的图像传输特性

当图像的尺寸较大且传输带宽较窄时,传统的顺序扫描的编码传输方式会使观察者等待较长时间才能看到整幅图像,嵌入式编码方式是一种逐渐显示的图像编码方式。这种编码方式采用分层的方式组织压缩码流,其基本思想是先传输核心数据(反应图像框架和图像质量的基本数据)来提供原图像的一个粗略图像,随着时间的不断推进,再依次传输改进图像质量(反应图像细节信息)的新码流数据(改进图像质量的增量数据)。这种编码方式是一种符合人的视觉心理要求的编码方式。

6.1.3　正交变换与量化后系数的编排顺序

研究表明,正交变换具有使能量向新坐标系中的少数坐标集中的特性,这些少数坐标对应的系数对视觉影响较大,所以可以对其进行详细量化,一般是保留这部分系数;而能量分布不集中的其他系数对视觉效果影响较小,所以可以对其进行粗量化,一般是将其忽略。比如在主教材的图 6.19(即本书的图 6-1)中,在先对图中左上角的"1 子图像块的像素阵列数据"进行 DCT 变换(一种正交变换),然后再对其进行基于色度量化值表的量化后,得到的系数阵列数据为图中右下角的"5 对 DCT 系数进行量化后的系数"。可以看出该系数矩阵中只有左上角的少数系数具有数值,右下方的大多数系数都为零值了。

176	172	48	107	158	179	171	153
172	174	163	134	167	168	148	148
171	176	167	161	169	159	147	131
176	177	170	169	163	124	84	96
185	179	179	159	80	41	58	74
185	184	143	72	66	75	75	69
182	131	90	100	116	113	114	104
113	83	101	114	123	116	112	130

1　子图像块的像素阵列数据

48	44	−80	−21	30	51	43	25
44	46	35	6	39	40	20	20
43	48	39	33	41	31	19	3
48	49	42	41	35	−4	−44	−32
57	51	51	31	−48	−87	−70	−54
57	56	15	−56	−62	−53	−53	−59
54	3	−38	−28	−12	−15	−14	−24
−15	−45	−27	−14	−5	−12	−16	2

2　子图像块各像素减去128后的阵列数据

44	140	43	41	12	−19	−10	−3
142	−40	−13	36	−13	−27	−21	−13
−4	−156	33	78	8	−11	−13	−7
−62	60	75	16	−16	−4	−21	−13
−25	−8	−23	−14	32	3	−11	−17
14	−25	4	60	14	−10	−18	−12
−16	−10	13	4	−20	−5	−6	−3
2	−2	6	−7	15	23	−15	−7

3　对子图像数据进行 DCT 变换得到的 DCT 系数

16	11	10	16	24	40	51	61
12	12	14	19	26	58	60	55
14	13	16	24	40	57	69	56
14	17	22	29	51	87	80	62
18	22	37	56	68	109	103	77
24	35	55	64	81	104	113	92
49	64	78	87	103	121	120	101
72	92	95	98	112	100	103	99

4　量化值表（色度量化值表）

3	13	4	3	1	0	0	0
12	−3	−1	2	−1	0	0	0
0	−12	2	3	0	0	0	0
−4	4	3	1	0	0	0	0
−1	0	−1	0	0	0	0	0
1	−1	0	0	0	0	0	0
0	0	0	0	0	0	0	0
0	0	0	0	0	0	0	0

5　对 DCT 系数进行量化取整后的系数

197	141	91	103	161	199	177	135
177	165	150	142	146	153	154	150
173	171	169	170	166	156	144	135
176	172	170	169	156	129	102	87
186	185	175	145	92	49	44	62
206	169	130	102	78	60	64	81
177	124	84	91	114	118	113	112
107	94	98	119	125	113	113	128

10　反变换数据加 128 后重构子图像阵列数据

69	13	−36	−24	33	71	49	7
49	37	22	14	18	25	26	22
45	43	41	42	38	28	16	7
48	44	42	41	28	1	−25	−40
58	57	47	17	−35	−78	−83	−65
78	41	2	−25	−49	−67	−63	−47
49	−3	−43	−36	−13	−9	−14	−15
−20	−33	−29	−8	−2	−14	−14	0

9　反变换后的子图像阵列数据

48	143	40	48	24	0	0	0
144	−36	−14	38	−26	0	0	0
0	−156	32	72	0	0	0	0
−56	68	66	29	0	0	0	0
−18	0	−37	0	0	0	0	0
24	−35	0	64	0	0	0	0
0	0	0	0	0	0	0	0
0	0	0	0	0	0	0	0

8　逆量化后的 DCT 系数

16	11	10	16	24	40	51	61
12	12	14	19	26	58	60	55
14	13	16	24	40	57	69	56
14	17	22	29	51	87	80	62
18	22	37	56	68	109	103	77
24	35	55	64	81	104	113	92
49	64	78	87	103	121	120	101
72	92	95	98	112	100	103	99

7　量化值表（色度量化值表）

3	13	4	3	1	0	0	0
12	−3	−1	2	−1	0	0	0
0	−12	2	3	0	0	0	0
−4	4	3	1	0	0	0	0
−1	0	−1	0	0	0	0	0
1	−1	0	0	0	0	0	0
0	0	0	0	0	0	0	0
0	0	0	0	0	0	0	0

6　量化取整系数

图 6-1　一个 8×8 子图像块的门限变换编码的过程示例

在区域编码中,采用主教材中图 6.15(即本书的图 6-2)的典型区域模板实现仅保留左上角的 15 个系数而忽略右下角的其余系数,就是一种保留对视觉影响较大的能量集中区域的系数,而忽略对视觉效果影响较小(已经几乎没有多少能量)的系数的方法。

1	1	1	1	1	0	0	0
1	1	1	1	0	0	0	0
1	1	1	0	0	0	0	0
1	1	0	0	0	0	0	0
1	0	0	0	0	0	0	0
0	0	0	0	0	0	0	0
0	0	0	0	0	0	0	0
0	0	0	0	0	0	0	0

图 6-2　典型的区域模板

另外,在门限编码中,对量化后的系数按照主教材中图 6.18(b)(即本书的图 6-3(b))所示顺序编码的结果,就会使编码数据串呈现出只有前面少数部分的数据值非零,而后面大量的数据都是零,所以利用如游程编码等的编码方式,就会大量减少编码数据,达到高的编码压缩率。

0	1	5	6	14	15	27	28
2	4	7	13	16	26	29	42
3	8	12	17	25	30	41	43
9	11	18	24	31	40	44	53
10	19	23	32	39	45	52	54
20	22	33	38	46	51	55	60
21	34	37	47	50	56	59	61
35	36	48	49	57	58	62	63

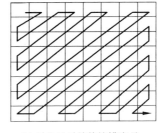

(a) 量化后系数的编排顺序图　　　　(b) 量化后系数的编排序号

图 6-3　门限量化系数的编排顺序

6.1.4　峰值信噪比

峰值信噪比(Peak Signal-Noise Ratio,PSNR)是一个表示信号最大可能功率和影响它的表示精度的破坏性噪声功率的比值的工程术语。由于许多信号都有非常宽的动态范围,峰值信噪比常用对数分贝单位来表示。

峰值信噪比经常用于图像压缩等领域中的信号重建质量的测量方法,通常简单地通过均方差(MSE)进行定义。两个 $M \times N$ 的单色图像(设为原图像和解码后的图像)I 和 K,如果一个为另外一个的噪声近似,那么它们的均方差定义为

$$\text{MSE} = \frac{1}{MN} \sum_{i=0}^{M-1} \sum_{j=0}^{N-1} | I(i,j) - K(i,j) |^2 \qquad (6\text{-}1)$$

峰值信噪比定义为

$$\text{PSNR} = 10\log_{10}\left(\frac{\text{MAX}_I^2}{\text{MSE}}\right) = 20\log_{10}\left(\frac{\text{MAX}_I}{\sqrt{\text{MSE}}}\right) \qquad (6\text{-}2)$$

其中, MAX_I 是表示图像点颜色的最大数值, 如果每个采样点用 8 位表示, 那么 MAX_I 就是 255, 也即对于 256 灰度图像来说, 峰值信噪比定义式为

$$PSNR = 20\log_{10}\left(\frac{255}{\sqrt{MSE}}\right) \tag{6-3}$$

更为通用的表示是, 如果每个采样点用 B 位线性脉冲编码调制表示, 那么 MAX_I 就为 $2^B - 1$, 此时峰值信噪比定义式为

$$PSNR = 20\log_{10}\left(\frac{2^B - 1}{\sqrt{MSE}}\right) \tag{6-4}$$

对于每点有 RGB 三个值的彩色图像来说, 峰值信噪比的定义类似, 只是均方差是所有方差之和除以图像尺寸再除以 3。

峰值信噪比的高低反映了图像中细节的丰富程度。图像压缩中典型的峰值信噪比值在 30~40dB 之间, 峰值信噪比一般愈高愈好。

6.2　习题 6 解答

6.1　解释下列术语。

(1) 图像压缩: 图像压缩是指在不同用途的图像质量要求下, 保留确定信息、去掉大量冗余或无用信息, 尽可能用最少的比特数表示一幅图像, 以减少图像存储容量和提高图像传输效率的技术。

(2) 编码冗余: 对于绝大多数图像来说, 其灰度级不是均匀分布的, 其中某个或某些灰度级出现的概率会比其他灰度级更大, 如果对出现概率大和出现概率小的灰度级都分配相同的比特数, 就会产生编码冗余, 也即对本来不需要较多位数进行编码的灰度级却用了较多的位数进行编码。

(3) 像素间冗余: 是指单个像素携带的信息相对较少, 单一像素对于一幅图像的多数视觉贡献是多余的, 它的值可以通过与其相邻的像素的值来推断。这种像素间的依赖性称为像素间的冗余。

(4) 信源编码: 把在满足一定图像质量的条件下, 通过减少冗余数据来用尽可能少的比特数表示原图像, 实现数据压缩的过程称为信源编码。

(5) 无损压缩: 无损压缩也称为无失真压缩, 是一种在不引入任何失真的条件下使表示图像的数据比特率为最小的压缩方法。无损压缩是可逆的, 即从压缩后的图像能完全恢复出原图像而没有任何损失。

(6) 有损压缩: 有损压缩方法也称为有失真压缩, 是一种在一定比特率下获得最佳保真度, 或在给定的保真度下获得最小比特率的压缩方法。由于有损压缩有一定的信息损失, 所以是不可逆的, 即无法从压缩后的图像恢复出原图像。

(7) 保真度准则: 是一种用于评价压缩后图像质量的度量标准。常用的保真度主要可分为客观保真度准则和主观保真度准则。

客观保真度准则: 当所损失的信息量可表示成原图像与该图像先被压缩而后又被解压缩而获得的图像的函数时, 就称该函数为客观保真度准则。

主观保真度准则: 通过给一组观察者提供原图像和典型的解压缩图像, 由每个观察者

对解压缩图像的质量给出一个主观的评价,并将他们的评价结果进行综合平均,从而得出一个统计平均意义上的评价结果。这种评价方法称为主观保真度准则。

(8) 游程长度:在一个逐行存储的图像中,把具有相同灰度值的一些像素组成的序列称为一个游程,取相同灰度值的若干连续像素点的数目称为游程长度。

(9) 参考像素:把每行中第一个像素左边的一个假想的白像素定义为参考像素,并规定该位置为每行中参考像素的初始位置。

(10) 变化像素:变化像素定义为在同一行上与前一行像素值不同的像素(即由白变黑或由黑变白的后一个像素)。

(11) 区域编码:是一种只保留变换系数方阵中一个特定区域的系数,而将其他系数置零的一种编码方法。由于大多数图像的频谱具有低通特性,所以通常是保留低频部分的系数而丢弃高频部分的系数。具体来说,就是保留系数方阵中左上角区域的若干系数,而将其余系数置为零。

(12) 嵌入式编码:编码器将待编码的比特流按重要性的不同进行排序,根据目标码率或失真度的大小要求确定编码的长度或迭代次数,并可据此随时结束编码;同样,对于给定码流,解码器也可据此随时结束解码,并可以得到相应码流截断处的目标码率的恢复图像。这种编码方法称为嵌入式编码。

(13) 零树:根据小波变换的多分辨率表示特点,一幅经过小波变换的图像从低分辨率子带(粗尺度)到高分辨率子带(细尺度)形成一个树状结构,零树则是指当前系数和其所有后代都为零(或都小于某个阈值)的树。

(14) 零树根:零树中粗尺度上的那个小波系数就称为零树根。

(15) 孤立零点:如果一个小波系数在粗尺度上关于给定的阈值 T 是不重要的,但它在较细尺度的子带上的同样空间位置且相同方向的小波系数关于给定的阈值 T 至少存在一个重要的子孙,则粗尺度子带上的这个系数就称为孤立零点。

(16) 重要系数:对于给定的阈值 T,如果一个小波系数 x 的绝对值不小于给定的阈值 T,即 $\mathrm{abs}(x) \geqslant T$,则称该小波系数 x 是重要的系数。

(17) 峰值信噪比:峰值信噪比(PSNR)是一个表示信号最大可能功率和影响它的表示精度的破坏性噪声功率的比值的工程术语。由于许多信号都有非常宽的动态范围,峰值信噪比常用对数分贝单位来表示。

峰值信噪比经常用于图像压缩等领域中的信号重建质量的测量方法,通常简单地通过均方差(MSE)进行定义。两个 $M \times N$ 的单色图像(设为原图像和解码后的图像)I 和 K,如果一个为另外一个的噪声近似,那么它们的均方差定义为

$$\mathrm{MSE} = \frac{1}{MN} \sum_{i=0}^{M-1} \sum_{j=0}^{N-1} \| I(i,j) - K(i,j) \|^2$$

峰值信噪比定义为

$$\mathrm{PSNR} = 10\log_{10}\left(\frac{\mathrm{MAX}_I^2}{\mathrm{MSE}}\right) = 20\log_{10}\left(\frac{\mathrm{MAX}_I}{\sqrt{\mathrm{MSE}}}\right)$$

其中,MAX_I 是表示图像点颜色的最大数值,如果每个采样点用 8 位表示,那么 MAX_I 就是 255。

对于每点有 RGB 三个值的彩色图像来说峰值信噪比的定义类似,只是均方差是所有方

差之和除以图像尺寸再除以 3。

6.2 图像压缩的目的是什么？

答：图像压缩的目的是在满足一定的图像质量条件下，用尽可能少的比特数来表示原图像，也即尽量降低一幅图像的数据量，从而减少图像的存储容量和提高图像的传输效率。

6.3 常用的客观保真度准则是什么？并写出它们的数学公式。

答：常用的客观保真度准则是均方根误差和均方根信噪比。

设 $f(x,y)$ 表示原图像，$\hat{f}(x,y)$ 表示 $f(x,y)$ 先被压缩而后又被解压缩而获得的图像，则有：

（1）$f(x,y)$ 与 $\hat{f}(x,y)$ 之间的均方根误差 e_{rms} 定义为 $M \times N$ 个像素值的差平方平均值的平方根，即

$$e_{\text{rms}} = \left[\frac{1}{MN} \sum_{x=0}^{M-1} \sum_{y=0}^{N-1} [\hat{f}(x,y) - f(x,y)]^2 \right]^{1/2}$$

（2）如果把解压缩后的图像 $\hat{f}(x,y)$ 看做是原图像 $f(x,y)$ 与噪声误差 $e(x,y)$ 的叠加，则 $f(x,y)$ 与 $\hat{f}(x,y)$ 之间的均方信噪比 SNR_{ms} 定义为

$$\text{SNR}_{\text{ms}} = \frac{\sum\limits_{x=0}^{M-1} \sum\limits_{y=0}^{N-1} \hat{f}(x,y)^2}{\sum\limits_{x=0}^{M-1} \sum\limits_{y=0}^{N-1} [\hat{f}(x,y) - f(x,y)]^2}$$

对上式求平方根就可得到均方根信噪比 SNR_{rms}。

6.4 何谓信源编码器？信源编码器的功能是什么？

答：在信息论中，把通过减少冗余来压缩数据的过程称为信源编码。所以完成信源编码的器件称为信源编码器。

信源编码器是一种通过减少或消除输入图像中的冗余数据来用尽可能少的比特数表示原图像的装置。信源编码器由映射变换器、量化器和符号编码器组成，如图 6-4 所示。

$f(x,y)$ ⟶ 映射变换器 ⟶ 量化器 ⟶ 符号编码器 ⟶ 信道

图 6-4 信源编码器模型

信源编码器的功能就是减少或消除输入图像中的冗余数据。特定的应用和与之相联系的保真度要求规定了在给定条件下所使用的编码方法。

6.5 何谓信道编码器？信道编码器的功能是什么？

答：信道编码器处于信源编码器与信道之间，是一种通过向信源码结果数据中插入可控制的信息来减少信道噪声和信道干扰影响的装置。

信道编码器的功能是增强信源编码器输出的抗干扰、抗噪声能力。

6.6 何谓符号编码器？符号编码器的功能是什么？

答：符号编码器是一种对量化器输出的每一个符号进行编码的装置，图 6-5 所示是其编码关系的示意图。

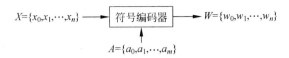

图 6-5   符号码器编码关系示意图

符号编码器的功能是用码元集 A 中的一组码元 a_j 建立输入的信源符号 x_i 与输出的码字 w_i 之间的关系。即为信源符号集中的每一个元素 x_i 分配一个用一组码元 a_j 表示的码字 w_i。所有的码字 w_i 都按规定的编码方式,由 $a_j(j=0,1,\cdots,m)$ 来组成。

6.7   变长编码的基本思想是什么?最常用的变长编码包括哪几种?

答:变长编码的基本思想是用尽可能少的比特数表示出现概率尽可能大的灰度级,以实现数据的压缩编码。最常用的变长编码包括费诺码、霍夫曼编码、二进制编码、B_1 码、B_2 码、二进制移位码等。

6.8   设有信源符号集 $X=\{x_1,x_2,x_3,x_4,x_5\}$,其概率分布为 $P(x_1)=1/4,P(x_2)=1/4,$ $P(x_3)=1/4,P(x_4)=1/8,P(x_5)=1/8$,求 X 的费诺码 $W=\{w_1,w_2,w_3,w_4,w_5\}$。

解:编码过程和编码结果如图 6-6 所示。

符号 x_i	概率 $P(x_i)$				编码结果
x_1	1/4	1	1		11
x_2	1/4		0		10
x_3	1/4		1		01
x_4	1/8	0	0	1	001
x_5	1/8			0	000

图 6-6   习题 6.8 结果

平均码字长度为

$$\bar{L} = \sum_{i=1}^{5} P(x_i) l_i$$
$$= \frac{1}{4} \times 2 + \frac{1}{4} \times 2 + \frac{1}{4} \times 2 + \frac{1}{8} \times 3 + \frac{1}{8} \times 3$$
$$= 2\frac{1}{4} \text{bit}$$

6.9   简述霍夫曼编码的编码过程。

答:霍夫曼编码的编码过程可通过以下步骤实现。

(1) 把输入的信源符号 x_i 和其出现的概率 $P(x_i)$ 按概率值的大小顺序从上到下依次并列排列。

(2) 把最末两个具有最小概率的元素的概率进行相加,再把相加得到的概率与其余概率按大小顺序从上到下进行排列。

(3) 重复步骤(2),直到最后只剩下两个概率为止。如果再把剩余的两个概率合并作为树根,那么从后向前直至每个信源符号(的初始概率)就形成了一棵二叉树。

(4) 从最后的二叉树根开始为每个节点的分支逐步向前进行编码,给概率较大(上方)的分支赋予 0,给概率较小(下方)的分支赋予 1。

（5）从树根到每个树叶的所有节点上的 0 或 1 就构成了该树叶，也即对应的信源符号的编码。

6.10　设有信源符号集 $X=\{x_1,x_2,x_3,x_4,x_5,x_6\}$，其概率分布为 $P(x_1)=0.1$，$P(x_2)=0.4$，$P(x_3)=0.06$，$P(x_4)=0.1$，$P(x_5)=0.04$，$P(x_6)=0.3$。试求其霍夫曼编码 $W=\{w_1,w_2,w_3,w_4,w_5,w_6\}$，并求该编码的平均长度。

解：编码过程如图 6-7 所示。

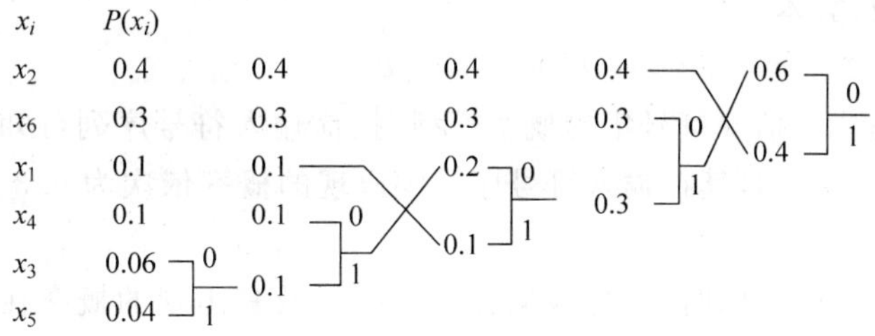

图 6-7　习题 6.10 的运算过程

由此可得各信源符号的编码为

信源符号 x_i	x_2	x_6	x_1	x_4	x_3	x_5
概率 $P(x_i)$	0.4	0.3	0.1	0.1	0.06	0.04
编码 w_i	1	00	011	0100	01010	01011

平均码字长度为

$$\bar{L}=\sum_{i=1}^{6}P(x_i)l_i$$
$$=0.4\times1+0.3\times2+0.1\times3+0.1\times4+0.06\times5+0.04\times5$$
$$=2.2\text{bit}$$

6.11　设有信源符号集 $X=\{x_1,x_2,x_3,x_4,x_5,x_6\}$，其概率分布为 $P(x_1)=0.25$，$P(x_2)=0.25$，$P(x_3)=0.20$，$P(x_4)=0.15$，$P(x_5)=0.10$，$P(x_6)=0.05$。试求其霍夫曼编码 $W=\{w_1,w_2,w_3,w_4,w_5,w_6\}$，并求该编码的平均长度。

解：编码过程如图 6-8 所示。

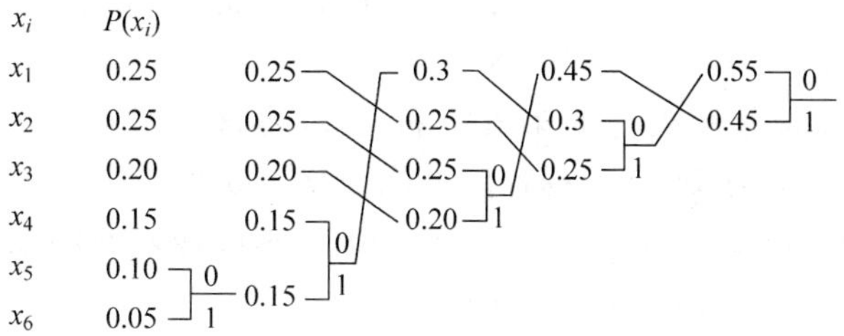

图 6-8　习题 6.11 的运算过程

由此可得各信源符号的编码为

信源符号 x_i	x_1	x_2	x_3	x_4	x_5	x_6
概率 $P(x_i)$	0.25	0.25	0.20	0.15	0.10	0.05
编码 w_i	01	10	11	000	0010	0011

平均码字长度为

$$\overline{L} = \sum_{i=1}^{6} P(x_i)l_i$$
$$= 0.25 \times 2 + 0.25 \times 2 + 0.2 \times 2 + 0.15 \times 3 + 0.1 \times 4 + 0.05 \times 4$$
$$= 2.45 \text{bit}$$

6.12 对于信源符号集合{l,o,n,c,e,_}及其信源符号序列 l,o,n,c,e,_,l,l,e,e,试对该信源符号序列进行算术编码。

解：

第一步,首先是建立信源符号集的概率模型,扫描输入符号序列可知,信源符号集中的符号按序 l,o,n,c,e,_排列,其在输入符号序列中出现的概率依次为 0.3、0.1、0.1、0.1、0.3 和 0.1。

第二步,在扫描编码开始时,首先根据各信源符号及其出现的概率在半开区间[0,1)内为每个信源符号分配一个其宽度等于其概率的半开区间：[0.0,0.3)、[0.3,0.4)、[0.4,0.5)、[0.5,0.6)、[0.6,0.9)、[0.9,1.0),且 l 对应[0.0,0.3),o 对应[0.3,0.4),n 对应[0.4,0.5),c 对应[0.5,0.6),e 对应[0.6,0.9),_对应[0.9,1.0)。

第三步,考察信源符号序列中的第一个符号 l,将该符号对应的子区间[0.0,0.3)扩展到整个高度,并根据各信源符号及其概率将其子分成 6 个半开子区间：[0.0,0.09)、[0.09,0.12)、[0.12,0.15)、[0.15,0.18)、[0.18,0.27)和[0.27,0.30)。

第四步,考察信源符号序列中的第二个符号 o,将该符号对应的子区间[0.09,0.12)扩展到整个符号序列,并根据各信源符号及其概率将其子分成 6 个半开子区间：[0.090,0.099)、[0.099,0.102)、[0.102,0.105)、[0.105,0.108)、[0.108,0.117)和[0.117,0.120)。

第五步,考察信源符号序列中的第三个符号 n,将该符号对应的子区间[0.102,0.105)扩展到整个符号序列,并根据各信源符号及其概率将其子分成 6 个半开子区间：[0.1020,0.1029)、[0.1029,0.1032)、[0.1032,0.1035)、[0.1035,0.1038)、[0.1038,0.1047)和[0.1047,0.1050)。

第六步,考察信源符号序列中的第四个符号 c,将该符号对应的子区间[0.1035,0.1038)扩展到整个符号序列,并根据各信源符号及其概率将其子分成 6 个半开子区间：[0.103 50,0.103 59)、[0.103 59,0.103 62)、[0.103 62,0.103 65)、[0.103 65,0.103 68)、[0.103 68,0.103 77)和[0.103 77,0.103 80)。

第七步,考察信源符号序列中的第五个符号 e,将该符号对应的子区间[0.103 68,0.103 77)扩展到整个符号序列,并根据各信源符号及其概率将其子分成 6 个半开子区间：[0.103 680,0.103 707)、[0.103 707,0.103 716)、[0.103 716,0.103 725)、[0.103 725,0.103 734)、[0.103 734,0.103 761)和[0.103 761,0.103 770)。

第八步,考察信源符号序列中的第六个符号 _,将该符号对应的子区间[0.103 761,0.103 770)扩展到整个符号序列,并根据各信源符号及其概率将其子分成 6 个半开子区间：[0.103 761 0,0.103 763 7)、[0.103 763 7,0.103 764 6)、[0.103 764 6,0.103 765 5)、[0.103 765 5,0.103 766 4)、[0.103 766 4,0.103 769 1)和[0.103 768 3,0.103 770 0)。

第九步,考察信源符号序列中的第七个符号 l,将该符号对应的子区间[0.103 761 0,0.103 763 7)扩展到整个符号序列,并根据各信源符号及其概率将其子分成 6 个半开子区间：[0.103 761 00,0.103 761 81)、[0.103 761 81,0.103 720 8)、[0.103 720 8,0.103 723 5)、[0.103 723 5,0.103 726 2)、[0.103 726 2,0.103 734 3)和[0.103 734 3,0.103 737 0)。

第十步,考察信源符号序列中的第八个符号 1,将该符号对应的子区间[0.103 761 00, 0.103 761 81)扩展到整个符号序列,并根据各信源符号及其概率将其子分成 6 个半开子区间：[0.103 761 000,0.103 761 243)、[0.103 761 243,0.103 761 324)、[0.103 761 324,0.103 761 405)、[0.103 761 405,0.103 761 486)、[0.103 761 486,0.103 761 729)和[0.103 761 729,0.103 761 810)。

第十一步,考察信源符号序列中的第九个符号 e,将该符号对应的子区间[0.103 7614 86, 0.103 761 729)扩展到整个符号序列,并根据各信源符号及其概率将其子分成 6 个半开子区间：[0.103 761 486 0,0.103 761 558 9)、[0.103 761 558 9,0.103 761 583 2)、[0.103 761 583 2, 0.103 761 607 5)、[0.103 761 607 5,0.103 761 631 8)、[0.103 761 631 8,0.103 761 704 7)和[0.103 761 704 7,0.103 761 729 0)。

最后,信源符号序列中的第十个符号 e 不用再分,直接对应子区间[0.103 761 631 8, 0.103 761 704 7)。

所以信源符号序列 l、o、n、c、e、_、l、l、e、e 对应的区间依次为：[0.0,0.3)、[0.09,0.12)、[0.102,0.105)、[0.1035,0.1038)、[0.103 68,0.103 77)、[0.103 761,0.103 770)、[0.103 761 0,0.103 763 7)、[0.103 761 00,0.103 761 81)、[0.103 761 486,0.103 761 729)、[0.103 761 631 8,0.103 761 704 7)。每个输入符号的编码可以取与该符号对应的区间中任意一点的值。该信源序列可以取 0.0、0.09、0.102、0.1035、0.103 68、0.103 761、0.103 761 0、0.103 761 00、0.103 761 486、0.103 761 631 8。

6.13　简述位平面编码的基本思想。

答：所谓位平面编码,就是将一幅灰度图像或彩色图像分解为多幅二值图像的过程。其基本思想可以分为以下两种方式来体现。

（1）位平面分解

一幅 m 位的灰度级图像的灰度值可用多项式表示为

$$x_{m-1}2^{m-1} + x_{m-2}2^{m-2} + \cdots + x_1 2^1 + x_0 2^0, x_i \in [0,1]$$

根据上式,将一幅灰度级图像分解成 m 个二值图像的一种简单的方法,就是把图像中用于表示每个像素的 m 位的多项式系数分别分离到 m 个 1 位的位平面的相应位置中。即第零级位平面由图像中每个像素的 x_0 组成,第一级位平面由图像中每个像素的 x_1 组成,以此类推,第 $m-1$ 级位平面由图像中每个像素的 x_{m-1} 组成。也就是说,每个位平面的像素等于每个像素在原图像中对应位的值。

（2）位平面的格雷码分解编码

如果用一个 m 位的灰度编码 $g_{m-1}\cdots g_2 g_1 g_0$ 表示图像,那么图像中这个 m 位的灰度编码 $g_{m-1}\cdots g_2 g_1 g_0$ 的所有 g_i 就组成了第 i 个位平面二值图像。

设反映灰度值大小的 m 位二进制编码为 $x_{m-1}\cdots x_2 x_1 x_0$,与其对应的 m 位格雷码为 $g_{m-1}\cdots g_2 g_1 g_0$,则有

$$g_i = x_i \oplus x_{i+1}, 0 \leqslant i \leqslant m-2$$
$$g_{m-1} = x_{m-1}$$

其中,$\oplus$ 为异或运算。

6.14　按照编码行与参考行的像素之间相关性大小的不同,游程编码有哪几种压缩模

式？压缩模式的功用是什么？

答：游程编码有 3 种压缩格式：通过模式、水平模式和垂直模式。

压缩模式的功用是根据编码行与参考行的像素之间相关性的大小等情况进行二维游程编码，提高了编码效率。

6.15 何谓变化编码？变化编码的基本依据是什么？

答：变化编码是指以某种可逆的正交变换把给定的图像变换到另一个数据域（也即频域），从而利用新数据域的特点，用一组非相关数据（系数）来表示原图像，并以此来去除或减小图像在空间域中的相关性，将尽可能多的信息集中到尽可能少的变换系数上，使多数系数只携带尽可能少的信息，实现用较少的数据表示较大的图像数据信息，进而达到压缩数据的目的。

变换编码以信号处理中的正交变换的性质为理论基础，基本依据有以下两方面。

（1）正交变换可保证变换前后信号的能量保持不变。

（2）正交变换具有减少原始信号中各分量的相关性及将信号的能量集中到少数系数上的功能。

6.16 请简述变换编码的过程。

答：变换编码过程由以下 4 步组成。

（1）将待编码的 $N \times N$ 的图像分解成 $(N/n)^2$ 个大小为 $n \times n$ 的子图像。通常选取的子图像大小为 8×8 或 16×16，即 n 等于 8 或 16。

（2）对每个子图像进行正交变换（如 DCT 变换等），得到各子图像的变换系数。这一步的实质是把空间域表示的图像转换成频率域表示的图像。

（3）对变换系数进行量化。

（4）使用霍夫曼变长编码或游程编码等无损编码器对量化的系数进行编码，得到压缩后的图像（数据）。

上述变换编码过程可以用图 6-9 所示的变换编码系统实现。

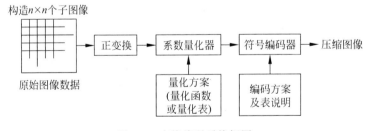

图 6-9 变换编码系统框图

6.17 在区域编码中，区域模板的功用是什么？

答：区域模板是一个系数方阵，在区域编码中，就是只保留变换系数方阵中的一个特定区域的系数，而将其他系数置零。通常只保留低频部分的系数而丢弃高频部分的系数。具体来说，就是保留系数方阵中左上角区域的若干系数，而将其余系数置为零。

6.18 亮度量化值表和色差量化值表的功用是什么？

答：在采用非均匀量化方案时，可以用亮度量化值或色度量化值作为量化器，也即对各子图像的变换系数中的每个系数用量化表中对应的值进行量化（也即相除）。

6.19　简述基于小波变换的图像压缩编码的基本思想。

答：小波图像编解码示意图如图 6-10 所示。

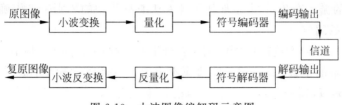

图 6-10　小波图像编解码示意图

小波变换编码的基本思想是将原始图像经二维小波变换后，转换成小波域上的小波系数。由于小波变换后能使原始图像的能量集中在少数的小波系数上，因此最简单的系数量化方法就是只保留那些能量较大的小波系数，而将小于某一阈值的系数略去，或者将其表示为恒定常数，从而达到数据压缩的目的。因此，基于小波变换的图像压缩过程是由量化过程和编码过程实现的。

如果不考虑计算误差，小波变换过程是无损和可逆的。由于量化过程要略去小于某一阈值的系数，或将其置为恒定常数，所以量化过程是有损的和不可逆的，因而基于小波变换的图像压缩编码是有损压缩编码。

6.20　零树根都位于 HL3、LH3、HH3 子带上，这种说法对吗？为什么？

答：这种说法不对。因为零树是指当前系数和其所有后代都为零（或都小于某个阈值）的树；零树根是指零树中粗尺度上的那个小波系数。因此，对于三级分解的子带树来说，零树根还可能位于 HL2、LH2 和 HH2 上；一般对于 n 级分解树，零树根可能位于 $n>1$ 的 HLn、LHn、HHn 的任何一个子带中。

当然，对于分解级数大于等于 3 的小波变换系数的子带树来说，零树根完全可能位于 HL3、LH3、HH3 子带上，但正如上面分析可知，"零树根都位于 HL3、LH3、HH3 子带上"的说法有些绝对了，所以说是不对的。

6.21　在基于图像小波变换的嵌入式零树编码中，主扫描的功能是什么？

答：主扫描过程的输出是编码符号 POS、NEG、IZ、ZTR 组成的符号流。

该过程主要是为了获取重要系数，一旦某系数被确定为是重要的，就将小波变换阵列中的该系数（所处位置）置为零，以免这些重要系数在较低阈值的循环中妨碍零树的产生。另外，如果四叉树是零树，对应于零树根的位置输出符号是 ZTR，由于零树根的子孙中不再有重要系数，所以就可不再对其进行扫描，这便起到了预测作用。如果小波系数 x 是不重要的，那么 x 对应的子孙为不重要系数的概率非常大。记住零树根的位置（只对零树根编码），就可以忽略零树根以下的零点，从而达到压缩的目的。形成零树的棵数越多，零树根出现越早，编码效率就越高。

6.22　在基于图像小波变换的嵌入式零树编码中，精细扫描的功能是什么？

答：精细扫描也称为次扫描或次循环。精细扫描过程的输出是与重要系数值有关的二进制数（0 和 1 组成的二进制串）。

精细扫描是对主扫描中确定的重要系数再进行扫描（修正），进一步提高编码精度（有文献指出，可以使精度提高一个比特）。

6.23   请简述基于图像小波变换的嵌入式零树编码过程。

答：假设在编码前已知道或已经获得了子带树中具有最大值的小波系数，量化层数 N（也即逼近量化的循环次数）一般按照压缩比和失真率折中的原则来事先确定。

(1) 设置初始阈值 T_1

$T_1(k=1, T_k=T_1)$ 的选取要同时满足：对于所有的小波系数 x 应有 $\mathrm{abs}(x) < 2T_1$，T_1 是一个 2 的整次幂的整数；$2\mathrm{abs}(T_1)$ 的值应不小于且最接近于最大小波系数 $\max(\mathrm{abs}(x))$。并设 $T\_up = 2\mathrm{abs}(T_1)$。

(2) 主扫描

按照 zig-zag 顺序，逐子带地扫描小波系数 x。若 $\mathrm{abs}(x) \geqslant T_k$，则置该系数为 P 或 N，ZTR 用于表示小于阈值 T_k 且它的所有子孙节点也都小于阈值 T_k 的系数；IZ 用于表示小于阈值 T_k，但它的子孙节点中至少有一个节点不小于阈值 T_k 的系数。

(3) 更新阈值 T_k

令 $k = k+1, T_k = T_{k-1}/2$。

(4) 精细扫描

开始先判断，如果 $T_k = 0.5$，则结束精细扫描，否则对各系数定义一个不确定区间的有效量化器步长，并将由此定义的区间等分成上半区间和下半区间。使用二进制代码作精细处理，1 表明系数的真值落入上半区间，0 表明真值落入下半区间。

(5) 判别结束条件或循环

重复步骤(2)~(4)，直到 N 次循环完或 $T_k = 0.5$ 为止。

(6) 符号编码

主要完成对主扫描和精细扫描所产生的输出符号的熵编码。

6.24   图 6-11 给出了一幅 8×8 图像的三级小波变换的矩阵值。试求出第一次、第二次主扫描的输出符号序列和精细扫描的输出二进制串及重要系数。

63	−34	14	−13	7	13	−12	7
−31	23	49	10	3	4	6	−1
25	−7	3	−12	5	−7	3	9
−9	14	−14	8	4	−2	3	2
−5	9	−1	47	4	6	−2	2
3	0	−3	2	3	−2	0	4
2	−3	6	−4	3	6	3	6
5	11	5	6	0	3	−4	4

图 6-11   习题 6.24 图

解：因为比 63 大且为 2 的整数幂的整数是 64，所以选取 $T_0 = 64$，显然 $T_1 = 32$，$T\_up = 64$。

(1) 第一次主扫描 ($T_1 = 32$) 过程(如图 6-12 所示)

下面对第一次主扫描过程行较详细的说明，扫描过程中生成的符号(P, N, Z, T) 及其对应的系数和所在的子带依次标注在表 6-1 中。

63	−34	14	−13	7	13	−12	7
−31	23	49	10	3	4	6	−1
25	−7	3	−12	5	−7	3	9
−9	14	−14	8	4	−2	3	2
−5	9	−1	47	4	6	−2	2
3	0	−3	2	3	−2	0	4
2	−3	6	−4	3	6	3	6
5	11	5	6	0	3	−4	4

(a) 3级小波变换矩阵

P	N	T	T	Z	Z	·	·
Z	T	P	T	Z	Z	·	·
T	Z	·	·	·	·	·	·
T	T	·	·	·	·	·	·
·	·	Z	P	·	·	·	·
·	·	Z	Z	·	·	·	·
·	·	·	·	·	·	·	·
·	·	·	·	·	·	·	·

(b) 第一次主扫描输出符号和未搜索位置

0	0	14	−13	7	13	−12	7
−31	23	0	10	3	4	6	−1
25	−7	3	−12	5	−7	3	9
−9	14	−14	8	4	−2	3	2
−5	9	−1	0	4	6	−2	2
3	0	−3	2	3	−2	0	4
2	−3	6	−4	3	6	3	6
5	11	5	6	0	3	−4	4

(c) 第二次主扫描的小波变换矩阵

Z	T	·	·	·	·	·	·
N	P	·	·	·	·	·	·
P	T	T	T	·	·	·	·
T	T	T	T	·	·	·	·
·	·	·	·	·	·	·	·
·	·	·	·	·	·	·	·
·	·	·	·	·	·	·	·
·	·	·	·	·	·	·	·

(d) 第二次主扫描输出符号和未搜索位置

图 6-12　习题 6.24 的嵌入式零树编码过程示意图

表 6-1　第一次主循环过程的输出符号

子　　带	系　数　值	输　出　符　号
LL3	63	POS
HL3	−34	NEG
LH3	−31	IZ
HH3	23	ZTR
HL2	14	ZTR
HL2	−13	ZTR
HL2	49	POS
HL2	10	ZTR
LH2	25	ZTR
LH2	−7	IZ
LH2	−9	ZTR
LH2	14	ZTR
HL1	7	IZ
HL1	13	IZ
HL1	3	IZ
HL1	4	IZ
LH1	−1	IZ
LH1	47	POS
LH1	−3	IZ
LH1	2	IZ

① 系数 63 大于阈值 32,生成一个正的符号 POS。

② 系数 −34 的绝对值大于阈值 32,生成一个负的符号 NEG。

③ 尽管系数 −31 对于阈值 32 是不重要的,但与其关联的第二级子带 LH2 中的系数 25、−7、−9 和 14 是它的孩子,且 25、−7、−9 和 14 是第三级子带 LH1 中的系数,但位于子带 LH1 中的系数 47 是重要的,因而产生一个孤立零点。

④ 系数 23 小于阈值 32,其所有位于子带 HH1 和 HH2 中的系数都是不重要的,因而产生一个零树符号。因为系数 23 及其子孙构成了一棵零树,所以在本次主循环中,不再对 HH2 和 HH1 中的所有系数进行搜索。为了表述上的直观起见,图 6-12(b) 给出了对应于表 6-1 输出编码符号和在本次(第一次)主扫描过程中不再需要搜索的系数(标注为 ' · ')。

⑤ HL2 中系数 14 小于阈值 32,其所有的孩子(HL1 中的系数 7、13、3、4)也都小于 32,因而产生一个零树符号。同样,由于系数 10 及其孩子构成了一棵零树,所以在本次主循环中,不再对 HL1 中的系数 7、13、3、4 进行搜索。

⑥ 同理,由于 HL2 中的系数 −13 和其孩子构成了一棵零树,所以在本次主循环中,不再对其孩子,也即 HL1 中的系数 −12、7、6、−1 进行搜索。

⑦ 系数 49 大于阈值 32,生成一个正的符号 POS。

⑧ 系数 10 小于阈值 32,其所有的孩子(HL1 中的系数 3、9、3、2)也都小于 32,因而产生一个零树符号。同样,由于系数 10 及其孩子构成了一棵零树,所以在本次主循环中,不再对 HL1 中的系数 3、9、3、2 进行搜索。

⑨ 同理,由于 LH2 中的系数 25 和其孩子构成了一棵零树,所以在当前循环中,不再对其孩子,也即 LH1 中的系数 −5、9、3、0 进行搜索。

⑩ LH2 中的系数 −7 与阈值 32 相比是不重要的,但它的孩子 −1、47、−3、2 中的 47 是重要的,因而产生一个孤立零点。

⑪ 同理,由于 LH2 中的系数 −9 和其孩子构成了一棵零树,所以在当前循环中,不再对其孩子,也即 LH1 中的系数 2、−3、5、11 进行搜索。

⑫ 同理,由于 LH2 中的系数 14 和其孩子构成了一棵零树,所以在当前循环中,不再对其孩子,也即 LH1 中的系数 6、−4、5、6 进行搜索。

⑬ 接下来理应接着搜索 HH2,但上面的④中已经说明了不再对其进行搜索的原因,所以接下来就应该搜索 HL1 了,但根据前面的⑤、⑥、⑧已经说明的不再对有关系数进行搜索的原因,在 HL1 中就只剩下 5、−7、4、−2 共 4 个系数了,根据算法它们都应是零树根。

⑭ 同理,接下来对 LH1 的搜索就只剩下 −1、47、−3、2 共 4 个系数了。显然,系数 47 是正重要系数,生成符号 POS;系数 −1、−3、2 分别生成零树根符号 IZ。

综上所述,第 1 次主扫描的输出符号为

P N Z T T T P T T Z T T Z Z Z Z Z P Z Z

另外,在本次主扫描中,当把小波变换矩阵中已确定为重要系数的位置置零后,就可得到下一次主扫描时的小波变换矩阵,如图 6-12(c) 所示。

第一次主扫描结束后,更新阈值可得 $T_2 = 16$,接下来就进入第一次精细扫描。

(2)第一次精细扫描($T_2 = 16$)过程

根据已知条件 $T\_up = 64$、$T_{k-1} = T_1 = 32$ 和 $T_k = T_2 = 16$,总区间 $[33,64]$ 只能划分成宽度为 $T_1 = 32$ 的一个区间 $[33,64]$,把其按宽度 $T_2 = 16$ 分成两个子区间 $[33,48]$ 和 $[49,64]$。

显然,对于每一个重要系数 x:第一个重要系数 63 位于上半区间,所以编码为 1;第二个重要系数 -34 位于下半区间,所以编码为 0;第三个重要系数 49 位于上半区间,所以编码为 1;第四个重要系数 47 位于下半区间,所以编码为 0。第一次精细扫描的结果如表 6-2 所示,可见,第一次精细扫描的输出二进制串为:1 0 1 0。

表 6-2 第一次精细扫描过程的输出符号

系 数 值	输 出 符 号	系 数 值	输 出 符 号
63	1	49	1
-34	0	47	0

(3) 第二次主扫描($T_2 = 16$)过程

如前所述,第二次主扫描是对图 6-12(c)的小波变换矩阵的扫描,其中位于 LL3 的第一行的两个 0、位于 HL2 的左下角的 0 和位于 LH1 的右上角的 0,因为该位置的系数在第一次主扫描中为重要系数而被置成了 0。

下面对第二次主扫描过程进行较为详细的说明,扫描过程中生成的符号(P,N,Z,T)及其对应的系数和所在的子带依次标注在表 6-3 中。

表 6-3 第二次主循环过程的输出符号

子 带	系 数 值	输 出 符 号
LL3	0	IZ
HL3	0	ZTR
LH3	-31	NEG
HH3	23	POS
LH2	25	POS
LH2	-7	ZTR
LH2	-9	ZTR
LH2	14	ZTR
HH2	3	ZTR
HH2	-12	ZTR
HH2	-14	ZTR
HH2	8	ZTR

① 位于第一级子带 LL3 的系数 0 小于阈值 16,但其子孙存在大于等于阈值 16 的系数,所以生成零树根符号 IZ。

② 位于 HL3 子带的系数 0 小于阈值 16,该系数与 HL2 子带中的系数构成一棵零树,所以生成零树符号 ZTR。图 6-12(d)给出了对应于表 6-3 的输出编码符号和在本次(第二次)主扫描过程中不再需要搜索的系数(标注为 $'\cdot'$)。

③ 系数 -31 的绝对值大于阈值 16,生成一个负重要系数符号 NEG。

④ 系数 23 大于阈值 16,生成一个正重要系数符号 POS。

⑤ 位于 LH2 子带的系数 25 大于阈值 16,生成一个正重要系数符号 POS。

⑥ 位于 LH2 子带的系数 -7 绝对值小于阈值 16,该系数与 LH1 子带中的系数 -1、47、-3、2 构成一棵零树,所以生成零树符号 ZTR。同理,对应于 LH2 子带中其他 2 个系数

也生成零树符号 ZTR。

⑦ 位于 HH2 子带的系数 3 小于阈值 16,该系数与 HH1 子带中的系数 4、6、3、-2 构成一棵零树,所以生成零树符号 ZTR。同理,对应于 LH2 子带中其他 3 个系数也生成零树符号 ZTR。

综上所述,第二次主扫描的输出符号为

Z T N P P T T T T T T

第二次主扫描结束后,更新阈值可得 $T_3=8$,接下来就进入第二次精细扫描。

(4) 第二次精细扫描($T_3=8$)过程

根据已知条件 $T\_up=64$、$T_{k-1}=T_2=16$ 和 $T_k=T_3=8$,把总区间 [17,64] 划分成宽度为 $T_2=16$ 的 3 个区间 [17,32]、[33,48] 和 [49,64]。

由于重要系数 $63\in[49,64]$,所以把该区间划分成两个宽度为 $T_3=8$ 的子区间 [49,56] 和 [57,64]。显然重要系数 63 位于上半区间,所以编码为 1。

由于重要系数 $34\in[33,48]$,所以把该区间划分成两个宽度为 $T_3=8$ 的子区间 [33,40] 和 [41,48]。显然重要系数 34 位于下半区间,所以编码为 0。

由于重要系数 $49\in[49,64]$,所以把该区间划分成两个宽度为 $T_3=8$ 的子区间 [49,56] 和 [57,64]。显然重要系数 49 位于下半区间,所以编码为 0。

由于重要系数 $47\in[33,48]$,所以把该区间划分成两个宽度为 $T_3=8$ 的子区间 [33,40] 和 [41,48]。显然重要系数 47 位于上半区间,所以编码为 1。

由于重要系数 $31\in[17,32]$,所以把该区间划分成两个宽度为 $T_3=8$ 的子区间 [17,24] 和 [25,32]。显然重要系数 31 位于上半区间,所以编码为 1。

由于重要系数 $23\in[17,32]$,所以把该区间划分成两个宽度为 $T_3=8$ 的子区间 [17,24] 和 [25,32]。显然重要系数 23 位于下半区间,所以编码为 0。

第二次精细扫描的结果如表 6-4 所示,可见,第二次精细扫描的输出二进制串为

1 0 0 1 1 0

表 6-4 第二次精细扫描过程的输出符号

系 数 值	输 出 符 号	系 数 值	输 出 符 号
63	1	47	1
34	0	31	1
49	0	23	0

鉴于篇幅所限,接下来的几次扫描不再详细列出。

6.3 图像编码程序

下面是 Borland C++ Builder 6.0 环境下的灰度图像的霍夫曼编码程序。

```
/ **********************************************************
Unit1.h
********************************************************** /
//--------------------------------------------------------------
```

```
# ifndef Unit1H
# define Unit1H
// ----------------------------------------------------------------
# include <Classes.hpp>
# include <Controls.hpp>
# include <StdCtrls.hpp>
# include <Forms.hpp>
# include <ExtCtrls.hpp>
# include <Graphics.hpp>
# include <Grids.hpp>
// ----------------------------------------------------------------
class TForm1: public TForm
{
_published:          //IDE - managed Components
  TImage * Image1;
  TButton * Button1;
  TStringGrid * StringGrid1;
  TGroupBox * GroupBox1;
  TLabel * Label1;
  TLabel * Label2;
  TLabel * Label3;
  TEdit * Edit1;
  TEdit * Edit2;
  TEdit * Edit3;
  void _fastcall Button1Click(TObject * Sender);
  void _fastcall FormCreate(TObject * Sender);
private:             //User declarations
public:              //User declarations
_fastcall TForm1(TComponent * Owner);
};
// ----------------------------------------------------------------
extern PACKAGE TForm1 * Form1;
// ----------------------------------------------------------------
# endif
```

```
/ ********************************************************************
霍夫曼编码程序
Unit1.cpp
 ******************************************************************* /
/ ********************************************************************
```

霍夫曼编码是一种常用的压缩编码方法,是霍夫曼于 1952 年为压缩文本文件建立的。它的基本原理是频繁使用的数据用较短的代码代替,较少使用的数据用较长的代码代替,每个数据的代码各不相同。这些都是二进制码,且码的长度是可变的。

具体的实现算法方法如下:

(1) 首先统计出每个灰度出现的频率。

(2) 从左到右把上述频率按照从小到大的顺序排列。

(3) 每一次选出频率最小的两个值,将它们相加,形成的新频率值和其他频率值形成一个新的频率集合。

　　(4) 重复步骤(3),直到最后得到频率和为1。

　　(5) 分配码字。将形成的二叉树的左节点标1,右节点标2。把从最上面的根节点到最下面的叶子节点途中遇到的0、1序列串起来,这样就得到了各个符号的编码。

```
                ********************************************************************** /
// --------------------------------------------------------------------------
# include <vcl.h>
# include <math.h>

# pragma hdrstop

# include "Unit1.h"
// --------------------------------------------------------------------------
# pragma package(smart_init)
# pragma resource " * .dfm"
TForm1 * Form1;
// --------------------------------------------------------------------------
_fastcall TForm1::TForm1(TComponent *  Owner)
  : TForm(Owner)
{
}
// --------------------------------------------------------------------------
void _fastcall TForm1::Button1Click(TObject * Sender)
{
//图像的高和宽
int h,w;
h = Form1 - >Image1 - >Picture - >Bitmap - >Height;
w = Form1 - >Image1 - >Picture - >Bitmap - >Width;

//保存各个灰度值频率的数组指针
float * fFreq;
fFreq = new float[256];

for(int i = 0;i<256;i++ )
        fFreq[i] = 0.0;

Byte * ptr;

//存储图像数据
int Anydata[500][500];

//计算各个灰度值的级数(针对256灰度级)
for(int y = 0;y<h;y++ )
    {
    //读取一行数据
    ptr = (Byte * )Image1 - >Picture - >Bitmap - >ScanLine[y];
    for(int x = 0;x<w;x++ )
        {
            Anydata[x][y] = * (ptr + x);
            fFreq[ * (ptr + x)] += 1;
        }
```

```
    }

//计算图像像素总数
int count = w * h;

//计算各个灰度值出现的概率
for(int i = 0;i<256;i++)
    {
    fFreq[i]/=(float)count;
    }

//保存图像熵
float m_dEntropy;
m_dEntropy = 0.0;

//计算图像熵
for(int i = 0;i<256;i++)
    {
    //判断概率是否大于零
    if(fFreq[i]>0)
        {
            //计算图像熵
            m_dEntropy - = fFreq[i] * log(fFreq[i])/log(2.0);
        }
    }
//保存计算中间结果的数组
float * fTemp;

//保存映射关系数组
int * iMap;

//霍夫曼编码表
AnsiString * strCode;

//循环变量
int i;

//分配内存
fTemp = new float[256];
iMap = new int[256];
strCode = new String[256];

//初始化 fTemp 为 fFreq
for(i = 0;i<256;i++)
    {
    fTemp[i] = fFreq[i];
    iMap[i] = i;
    }

//中间变量
float fT;
```

```
//用冒泡法对灰度值出现的概率进行排序,结果保存在数组 fTemp 中
for(int j = 0;j<256 - 1;j++)
    {
    for(i = 0;i<256 - j - 1;i++)
        {
                if(fTemp[i]>fTemp[i + 1])
                    {
                        //互换
                        fT = fTemp[i];
                        fTemp[i] = fTemp[i + 1];
                        fTemp[i + 1] = fT;

                        //更新映射关系 *
                        for(int k = 0;k<256;k++)
                            {
                                //判断是否是 fTemp[i]的子节点
                                if(iMap[k] == i)
                                    {
                                        //改变映射到节点 i + 1
                                        iMap[k] = i + 1;
                                    }
                                else if(iMap[k] == i + 1)
                                    {
                                        //改变映射到节点 i * /
                                        iMap[k] = i;
                                    }
                            }
                    }
        }
    }

//计算霍夫曼编码表

//找到概率大于 0 处才开始编码
for(i = 0;i<256 - 1;i++)
    {
    if(fTemp[i]>0)
        break;
    }

//开始编码
for(;i<256 - 1;i++)
    {
    //更新 strCode
    for(int k = 0;k<256;k++)
        {
                //判断是否是 fTemp[i]的子节点
                if(iMap[k] == i)
                    {
                        //改变编码字符串
                        strCode[k] = "1" + strCode[k];
```

```
        }
else if(iMap[k] == i + 1)
    {
        //改变编码字符串
        strCode[k] = "0" + strCode[k];
    }
}
//概率最小的两个概率相加,保存在 fTemp[i + 1]中
fTemp[i + 1] += fTemp[i];

//改变映射关系
for(int k = 0;k<256;k++ )
    {
        //判断是否是 fTemp[i]的子节点
        if(iMap[k] == i)
            {
                //改变映射到节点 i + 1
                iMap[k] = i + 1;
            }
    }

//重新排序
for(int j = i + 1;j<256 - 1;j++ )
    {
        if(fTemp[j]>fTemp[j + 1])
            {
                //互换
                fT = fTemp[j];
                fTemp[j] = fTemp[j + 1];
                fTemp[j + 1] = fT;

                //更新映射关系
                for(int k = 0;k<256;k++ )
                    {
                        //判断是否是 fTemp[j]的子节点
                        if(iMap[k] == j)
                            {
                                //改变映射到节点 j + 1
                                iMap[k] = j + 1;
                            }
                        else if(iMap[k] == j + 1)
                            {
                                //改变映射到节点 j
                                iMap[k] = j;
                            }
                    }
            }
        else
            {
                //退出循环
                break;
```

```
                        }
                    }
            }

    //平均码字长度
    float avgCodeLen = 0;

    //保存码字长度
    int  * m;
    m = new int[256];
    //计算平均码字长度
    for(int i = 0;i<256;i++)
        {
        //累加
        AnsiString s = strCode[i];
        m[i] = s.Length();
        avgCodeLen += fFreq[i] * m[i];
        }

    //计算编码效率
    float m_dEfficiency;
    m_dEfficiency = m_dEntropy/avgCodeLen;

    Form1->Edit1->Text = m_dEfficiency;
    Form1->Edit2->Text = avgCodeLen;
    Form1->Edit3->Text = m_dEntropy;
    //霍夫曼编码输出

    Form1->StringGrid1->RowCount = 257;

    for(int n = 1;n<257;n++)
        {
        Form1->StringGrid1->Cells[0][n] = n - 1;
        Form1->StringGrid1->Cells[1][n] = fFreq[n - 1];
        Form1->StringGrid1->Cells[2][n] = strCode[n - 1];
        Form1->StringGrid1->Cells[3][n] = m[n - 1];
        }
}
//-------------------------------------------------------------------------

void _fastcall TForm1::FormCreate(TObject * Sender)
{
    StringGrid1->Cells[0][0] = "灰度数";
    StringGrid1->Cells[1][0] = "出现频率";
    StringGrid1->Cells[2][0] = "霍夫曼编码";
    StringGrid1->Cells[3][0] = "码字长度";
}
```

## 第7章

图像分割及特征提取

图像分割是图像目标识别(图像分析)中的关键技术,也是图像技术领域中最热点的研究内容。为了便于读者理解图像特征在图像分割及目标识别中的作用和意义,本章在较系统地给出最基础的图像分割方法的基础上,对图像特征进行了较详细的介绍。

7.1 内 容 解 析

为了有效地对图像进行分析和描述,往往需要先将图像划分成若干有意义的区域。比如,为了得到一幅图像中反映的地貌分布,就要根据图像中的各种类型区域的边缘(边界)等特征,将城区、农田区、森林区、水域区等划分开;要想从一幅图像中获得其中的各物体间的关系,就要根据各个物体及其所在地域的特征,将各物体或物体所在的区域划分开。这种将图像划分成若干有意义的区域的技术就是图像分割。

7.1.1 图像分割方法

1. 图像分割的依据和原则

图像分割的依据是图像中的灰度、颜色、纹理和边缘等特征。图像分割所遵循的原则是,图像中不同区域内部所考虑的特征是相同的或相近的,但这些特征在相邻的区域中则是不同的,或是存在差异的。

2. 图像分割方法的分类

图像分割方法的分类在不同的图像处理技术类书籍和图像分割专著中都有表述,但还没有一个得到公认的图像分类说法。但本书作者以为,反应图像分割方法最本质的应是对图像进行分割时依据的特征,或特征的提取方法,而不是采用的算法的计算方法。基于此,在作者的《数字图像处理》教材中将灰度图像的分割方法分成:基于边缘检测的图像分割方法,基于阈值的图像分割方法,基于跟踪的图像分割方法,基于区域的图像分割方法四大类。虽然灰度图像分割方法十分庞杂,但仔细分析,都可以将它们划归到这几种类别中来。彩色图像的分割有其技术的独特性,作者在《数字图像处理》教材的 9.8 节作了简要介绍。所以广义地讲,图像分割方法还包括第五类的彩色图像分割。

目前得到一定程度的认可或公认的图像分割算法据说有 1000 多种,本章给出的方法仅是学习图像分割技术最基础的方法。

7.1.2 图像分割评价

图像分割评价是图像分割技术中的重要内容,只是由于篇幅所限,在《数字图像处理》一书中没有介绍。

1. 研究图像分割评价的意义

前面已经提到,目前得到一定程度的认可或公认的图像分割算法已经有 1000 多种,这一方面说明图像分割问题在图像技术领域的重要性,另一方面也说明,对于给定的问题和给定的图像来说,选定合用的算法并取得合乎要求的分割结果是一件非常麻烦和不容易的问题,其解决途径之一就是寻求对分割算法性能评价的理论和方法,实现以下两个目的。

(1) 能客观评价不同分割算法在不同分割用途、不同内容的图像、不同传感器图像的情况下的分割性能,为合理地选取分割算法提供理论和实践依据。

(2) 能依据某种准则对不同分割算法在分割给定图像时的性能进行比较,以便在具体的图像分割应用或对已有算法进行改进时有据可依。

2. 图像分割评价准则

图像分割算法评价的核心是评价准则及其准则体系的建立和完备性检验。与大多数评价问题雷同,图像分割算法的评价也分为定性评价准则和定量评价准则。

定性分析准则有:利用先验信息和知识的图像分割算法评价,基于预处理或后处理要求的图像分割算法评价。定量评价准则有:基于像素数量误差的图像分割算法评价,基于像素距离的图像分割算法评价,基于算法收敛鲁棒性的图像分割算法评价,基于形状测度的图像分割算法评价,基于区域间对比度的图像分割算法评价,基于分辨率的图像分割算法评价,基于检测概率的图像分割算法评价等。详细地介绍每种评价准则已经超出了本书的内容范围,这里仅引出问题,以便于读者对图像分割技术涉及的内容有一个全面的了解。

7.2 习题 7 解答

7.1 解释下列术语。

(1) 图像分割:是指依据图像的灰度、颜色、纹理、边缘等特征,把图像分成各自满足某种相似性准则或具有某种同质特征的连通区域的集合的过程。

(2) 图像边缘:是指图像灰度发生空间突变的像素的集合。

(3) 零交叉:在图像处理中,上阶跃边缘的二阶导数呈现为一个正尖状脉冲紧接一个负尖状脉冲,正的尖状脉冲的下降沿和与其相连的负尖状脉冲的下降沿构成的向右向下的斜线与其水平坐标的相交之处呈现为"零交叉"形状。同理,下阶跃边缘的负尖状脉冲的上升沿和与其相连的正尖状脉冲的上升沿构成的向右向上的斜线与其水平坐标的相交之处也呈现为"零交叉"形状。这种"零交叉"形状简称为零交叉。

(4) 基于阈值的图像分割方法：在许多情况下图像中的目标区域与背景区域的灰度或平均灰度是不同的。基于阈值的图像分割方法就是根据物体(目标)与背景在灰度上的差异,把图像分为具有不同灰度的目标区域和背景区域的一种图像分割技术。

(5) 半阈值化图像分割方法：是将比阈值大的亮像素的灰度级保持不变,而将比阈值小的暗像素变为黑色；或将比阈值小的暗像素的灰度级保持不变,而将比阈值大的亮像素变为白色的一种图像分割方法。

(6) 基于跟踪的图像分割方法：是指先通过对图像上的点的简便运算,检测出可能存在的物体上的点,然后在检测到的点的基础上通过跟踪运算来检测物体边缘轮廓的一种图像分割方法。这种图像分割方法的跟踪计算不需要在每个图像点上都进行,只需要在已检测到的点和正在跟踪的物体边缘轮廓延伸点上进行即可。

(7) 基于区域的图像分割：是根据图像的灰度、纹理、颜色和图像像素统计特征的均匀性等图像的空间局部特征,把图像中的像素划归到各个物体或区域中,进而将图像分割成若干个不同区域的一种分割方法。

(8) 种子像素：在区域生长图像分割方法中,在每次进行相似性判别和像素合并之前,首先要按照某种原则在每个需要分割的区域中选择和确定作为生长起点的一些像素,则这些作为生长起点的像素就称为种子像素。最初的种子像素可以是某一个具体的像素,也可以是由多个像素点聚集而成的种子区,其选取可以通过人工交互的方式实现,也可以根据物体中像素的某种性质或特点自动选取。

(9) 图像特征：是用于区分一个图像内部特征的最基本的属性。根据图像本身的自然属性和人们进行图像处理的应用需求,图像特征可分成自然特征和人工特征两大类。

(10) 图像的人工特征：是指人们为了便于对图像进行处理和分析而人为认定的图像特征,比如图像直方图和图像频谱等。

(11) 图像的自然特征：是指图像固有的特征,比如图像中的边缘、纹理、形状和颜色等。

(12) 图像的统计特征：当把图像看成二维随机过程中的一个样本来分析时,用图像的统计性质和统计分布规律来描述的图像特征就是图像的统计特征,主要包括图像的均值、图像的方差、图像的标准差和图像的熵等。

(13) 图像的均值：是指图像中所有像素灰度值的平均值,主要反映了图像中像素的集中趋势。对于一幅 $M \times N$ 的图像,其均值既可以定义为

$$\bar{f} = \frac{1}{MN} \sum_{x=0}^{M-1} \sum_{y=0}^{N-1} f(x,y)$$

也可以用该图像的傅里叶变换系数来表示为

$$\bar{f} = \frac{1}{\sqrt{MN}} F(0,0)$$

(14) 图像的方差：方差是一组资料中各数值与其算术平均数差的平方和的平均数,反映的是这组资料中各观测值之间的离散程度。对于一幅图像来说,图像的方差就是图像中各像素点的灰度值与其灰度均值差的平方和的平均值,反映了图像中各像素的离散程度和整个图像区域的起伏程度。

对于一幅 $M\times N$ 的图像 $f(x,y)$，若其灰度均值为 $\bar{f}$，则图像的方差定义为

$$\sigma_f^2 = \frac{1}{MN}\sum_{x=0}^{M-1}\sum_{y=0}^{N-1}\left[f(x,y)-\bar{f}\right]^2$$

（15）图像的标准差：是一种反映图像的灰度相对于灰度均值的离散情况的度量标准。在某种程度上，标准差也用来表示图像反差的大小。

对于一幅 $M\times N$ 的图像 $f(x,y)$，若其灰度均值为 $\bar{f}$，则标准差是其方差的平方根，即

$$\sigma = \left[\frac{1}{MN}\sum_{x=0}^{M-1}\sum_{y=0}^{N-1}\left[f(x,y)-\bar{f}\right]^2\right]^{1/2}$$

（16）纹理：是指由纹理基元按某种确定性的规律或者某种统计规律排列组成的一种结构。

（17）图像分类：是一种将图像中的所有像元或区域按其性质分为若干类别中的一类，或若干专题要素中的一种的技术过程。

（18）人工目视译译：也即凭借成像机理、光谱规律、地学规律、生物学规律和人的知识和经验，从影像的亮度、色调、位置、时间、纹理和结构等特征推断出图像中景物类型的过程。

（19）监督分类：是一种对图像中样本区内的地物类属已有先验知识的情况下，利用这些样本类别的特征作为依据来判别非样本数据类别的方法。

（20）非监督分类：是一种在图像中地物属性没有先验知识，因而在分类过程中不施加任何先验知识的情况下，仅凭遥感影像地物的光谱特征和不同光谱数据组合在统计上的差别来"盲目"地进行分类的方法。

7.2　图像分割的依据是什么？

答：图像分割的依据是认为图像中各区域具有不同的特性，这些特性可以是灰度、颜色、纹理等。而灰度图像分割的依据是基于相邻像素灰度值的不连续性和相似性。也即同一区域内部的像素一般具有灰度相似性，而在不同区域之间的边界上一般具有灰度不连续性。所以灰度图像的各种分割算法可据此分为利用区域间灰度不连续的基本边界的图像分割算法和利用区域内灰度相似性的基于区域的图像分割算法。

7.3　常用的图像分割方法主要包括哪几类？

答：常用的图像分割方法主要包括以下四类。

（1）基于边缘检测的图像分割方法，其基本思路是先确定图像中的边缘像素，然后可把它们连接在一起构成所需的边界。它包括梯度边缘检测、二阶微分边缘检测和 Hough 变换等。

（2）基于阈值的图像分割方法，它是提取物体与背景在灰度上的差异，把图像分为具有不同灰度级的目标区域和背景区域的一种图像分割技术，适用于那些物体与背景在灰度上有较大差异的图像分割问题，严格地说，它属于区域分割技术，包括阈值化分割方法、半阈值化分割方法和基于双峰形直方图的阈值选取等。

（3）基于跟踪的图像分割方法，是先通过对图像上的点的简便运算，来检测出可能存在的物体上的点，然后在检测到的点的基础上通过跟踪运算来检测物体边缘轮廓的一种图像分割方法。它包括轮廓跟踪法和光栅跟踪法等。

（4）基于区域的图像分割方法，是根据图像的灰度、纹理、颜色和图像像素统计特征的均匀性等图像空间局部特征，把图像中的像素规划到各个物体或区域中，进而将图像分割成若干个不同区域的一种分割方法。它包括区域生长法和分裂合并法等。

7.4 图像边缘有哪些特征？其含义是什么？

答：图像的边缘是指图像灰度发生空间突变的像素的集合。图像的边缘具有方向和幅度两个特征。

（1）方向特征的含义是指沿边缘走向像素值变化比较平缓。

（2）幅度特征的含义是指沿垂直于边缘的走向像素值变化比较剧烈。这种剧烈的变化或者呈阶跃状，或者呈屋顶状，分别称为阶跃状边缘和屋顶状边缘。阶跃状边缘两边的灰度值有明显变化，而屋顶状边缘位于灰度增加和减小的交界处。另一种是由上升阶跃和下降阶跃组合而成的脉冲状边缘剖面，主要对应于细条状的灰度值突变区域。

7.5 上升阶跃边缘、下降阶跃边缘、脉冲状边缘和屋顶状边缘曲线及其一阶导数和二阶导数曲线有哪些特征？

答：上升阶跃的一阶导数在边缘处呈正极值，下降阶跃的一阶导数在边缘处呈负极值，所以可用一阶导数的幅度值来检测边缘的存在，且幅度值一般对应边缘位置。阶跃边缘曲线的二阶导数在边缘处呈"零交叉"，所以也可用二阶导数的过零点检测边缘位置，并可用二阶导数在过零点附近的符号确定边缘像素在图像边缘的暗区或亮区。

脉冲状边缘曲线的一阶导数在脉冲的中心处呈"零交叉"，所以可用一阶导数的过零点检测脉冲的中心位置。脉冲边缘曲线的二阶导数在边缘处和中心处均呈极值，所以可以用二阶导数的幅度值来检测边缘的存在，且两个相位相同的幅度值一般对应边缘位置。

屋顶边缘曲线的一阶导数在边缘处呈"零交叉"，二阶导数呈极值。一般可用一阶导数的过零点确定屋顶位置。

7.6 试比较 Sobel 算子和 Prewitt 算子两者的优缺点。

答：Sobel 边缘检测算子可较好地获得边缘效果，并且对噪声具有一定的平滑作用，减小了对噪声的敏感性。但 Sobel 边缘检测算子检测的边缘比较粗，亦即会检测出一些伪边缘，所以边缘检测精度比较低。Prewitt（蒲瑞维特）算子的梯度幅值表示式与 Sobel 算子的梯度幅值的表示式完全相同，但 Prewitt 算子的计算比 Sobel 算子更为简单，Prewitt 算子的边缘检测效果比 Sobel 算子的边缘检测效果稍精细一些，但在噪声抑制方面 Sobel 算子比 Prewitt 算子略胜一筹。

7.7 在边缘检测中，拉普拉斯算子有哪些特殊的功用？

答：拉普拉斯运算只需一块模板，计算量较小。拉普拉斯算子对图像中的噪声比较敏感，通常在已知边缘像素确定后用于确定该像素是在图像的暗区那边还是在明区那边。拉普拉斯是二阶算子，利用其零交叉的特性进行边缘定位，通过找图像的二阶导数的零交叉点就能找到精确的边缘点。拉普拉斯二阶边缘检测算子具有各向同性和旋转不变性，是一个标量算子，并对灰度突变比较敏感。

7.8 Hough 变换的基本思想是什么？

答：Hough（哈夫）变换的基本思想是将图像空间 $X-Y$ 变换到参数空间 $P-Q$，利用图像空间 $X-Y$ 与参数空间 $P-Q$ 的点—线对偶性，通过利用图像空间 $X-Y$ 中的边缘数据点去计算参数空间 $P-Q$ 中参数点的轨迹，从而将不连续的边缘像素点连接起来，或将边缘像素点连接起来组成封闭边界的区域,从而实现对图像中直线段、圆和椭圆的检测。

7.9 全局阈值的图像分割适用于具有哪些种类特征的图像?

答：全局阈值的图像分割方法适用的图像应具有的特征是：图像中的背景具有同一灰度值,或背景的灰度值在整个图像中可几乎看做接近于某一恒定值,而图像中的物体为另一确定的灰度值,或明显可几乎看做接近于另一恒定值,或与背景有明显的灰度区别。在处理具有这些种类特征图像的时候可以使用一个固定的全局阈值,一般会取得较好的分割效果。

7.10 迭代式阈值选取方法的基本思路是什么?

答：基本思路是先根据图像中物体的灰度分布情况,选取一个近似阈值作为初始阈值,比如将图像的灰度均值作为初始阈值,然后再通过分割图像和修改阈值的迭代过程获得认可的最佳阈值。

7.11 轮廓跟踪图像分割方法适用于哪类图像?

答：适用于图像是由黑色物体和白色背景或白色物体和黑色背景组成的二值图像。

7.12 光栅跟踪图像分割方法适用于哪类图像?

答：该方法是一种类似于电视光栅扫描的方法,通过逐行跟踪的方法来检测曲线,适用于灰度图像中可能存在的一些比较细且其斜率不大于 $90°$ 的曲线的检测。

7.13 简述区域生长法图像分割方法。

答：该方法首先要在每个需要分割的区域中找一个种子像素作为生长的起点,然后将种子像素周围邻域中与种子像素具有相同或相似性质的像素(根据事先确定相似准则判定)合并到种子像素所在的区域中,接着以合并成的区域中的所有像素作为新的种子像素继续上面的相似性判别与合并过程,直到再没有满足相似性条件的像素可被合并进来为止。

7.14 区域生长法图像分割方法中的 3 个关键问题是什么?

答：3 个关键问题如下：

(1) 合理确定区域的生长过程中能正确代表所需区域的种子像素。

(2) 确定在生长过程中能将相邻像素合并进来的相似性准则。

(3) 确定终止生长过程的条件或准则。

7.15 简述分裂合并图像分割方法的基本思路。

答：该方法的基本思路是,以四叉树表示方法为基础,根据图像中各区域的不均匀性,把整幅图像分成大小相同的 4 个方形象限区域；接着再根据分成的各区域的不均匀性,把同一区域中不满足相似性准则的区域进一步分成大小相同的 4 个更小的象限区域,如此不断继续分割下去,就会得到一个以该图像为树根,以分成的新区域或更小区域为中间节点或树叶节点的四叉树。

最后,再根据毗邻区域的均匀性,把满足相似性准则的毗邻子区域合并成新的较大区域,从而最终按给定的相似度实现图像的分割。

7.16 列举出几种分裂合并的准则。

答：几种分裂合并的准则如下：

(1) 同一区域中最大灰度值与最小灰度值之差或方差小于某选定的阈值；

(2) 两个区域的平均灰度值之差及方差小于某个选定的阈值；

(3) 两个区域的灰度分布函数之差小于某个选定的阈值；

(4) 两个区域的某种图像统计特征值的差小于等于某个阈值。

7.17 图像的一维熵与二维熵有什么区别？

答：（1）一维熵

对于一幅灰度级为$\{0,1,\cdots,L-1\}$的数字图像，若设每个灰度级出现的概率为$\{P_0, P_1,\cdots,P_{l-1}\}$，则图像的一维信息熵定义为

$$H = -\sum_{i=0}^{L-1} p_i \times \ln p_i$$

（2）二维熵

设i为图像像素的灰度值，j为图像的邻域灰度均值，且$0 \leqslant i,j \leqslant L-1$，则图像像素的灰度值和反应图像灰度分布的空间特征量（图像的邻域灰度均值）组成特征二元组(i,j)，则反映某像素位置上的灰度值与反应其周围像素的灰度分布的空间特征量（图像的邻域灰度均值）组成的二元组(i,j)反应的二维综合特征为

$$P_{i,j} = N(i,j)/M^2$$

其中，$N(i,j)$为综合特征二元组出现的频数，M为测量窗口中像素的个数。

基于上述条件的图像二维熵定义为

$$H = -\sum_{i=0}^{L-1}\sum_{j=0}^{L-1} P_{i,j} \log P_{i,j}$$

图像的二维熵则能够反映图像灰度分布空间特征，在反映图像所包含的信息量的前提下，突出反映了图像中像素位置的灰度信息和像素邻域内灰度分布的综合特征。

（3）区别

图像的一维熵表示图像中灰度分布的聚集特征所包含的信息量。图像的二维熵在反映图像所包含的信息量的前提下，突出反映了图像中像素位置的灰度信息和像素邻域内灰度分布的综合特征。

图像的一维熵可以表示图像灰度分布的聚集特征，却不能反映图像灰度分布的空间特征，而图像的二维熵则反映了图像的灰度分布空间特征。

7.18 分别解释图像的点、线和边界的含义。

答：如果图像中的一个非常小的区域的灰度幅值与其领域值相比有着明显的差异，则称这个非常小的区域为图像点。

如果图像中在一对相邻边界中间存在一个非常窄的线状区域，并在该线状区域中的灰度具有近乎相同的振幅特性，则称该线状区域为线。

由于图像中的线和边缘都具有在图像中区分不同区域的能力，因此可将图像中的线和边缘统称为边界。

7.19 纹理的3个标志是什么？

答：纹理的3个标志如下：

（1）某种局部的序列性在比该序列更大的区域内不断重复出现；

（2）序列由基本部分（即纹理基元）非随机排列组成；

（3）在纹理区域内各部分具有大致相同的结构和尺寸。

7.20 简述计算机识别分类方法的含义。

答：含义是根据图像中地物信息和数据特征的差异和变化，通过计算机对图像的处理和定量分析，实现对图像中地物属性的识别和分类，从而区分出图像中地物的类别。一般情

况下提到的图像分类概念就是指基于计算机的图像识别分类方法。

7.21   简述图像的统计分类方法的基本思路。

答：该分类方法的基本思路是通过从被识别的图像中提取一组反映图像中不同模式属性的测量值（特征），并利用统计决策原理对由模式特征定义的特征空间进行划分，进而区分出具有不同特征的模式，达到对图像中不同地物区域分类的目的。

7.22   图像的句法模式分类方法适用于哪样的图像分类问题？

答：该分类方法采用的是定性的物体描述，适用于当特征描述无法表示被描述物体的复杂程度，或当物体可以被表示成由简单部件构成的分级结构时的分类问题。

7.23   图像的统计分类方法和图像的句法模式分类方法的主要区别是什么？

答：图像的统计分类方法也称为决策理论法，采用的是定量的物体描述。其基本思路是，通过从被识别的图像中提取一组反映图像中不同模式属性的测量值（特征），并利用统计决策原理对由模式特征定义的特征空间进行划分，进而区分出具有不同特征的模式，达到对图像中不同地物区域分类的目的。

图像的句法模式分类方法采用的是定性的物体描述。物体结构包含于句法描述中。该分类方法适用于当特征描述无法表示被描述物体的复杂程度，或当物体可以被表示成由简单部件构成的分级结构时的情况。

可见，主要区别是图像的统计分类方法采用的是定量描述方法，而图像的句法模式分类方法采用的是定性描述方法。

7.24   简述图像分割与图像分类的主要区别。

答：图像分割是一种依据图像中各区域的灰度、颜色、纹理等特征，将图像划分成不同区域的技术。其目的或是通过分割出的某些区域的形状来识别目标（比如可根据区域的形状判别出某些区域是飞机或是铁路等），或是进而在分割成的区域中进行特征提取，再根据提取的特征或结构信息进行物体识别。因此图像分割强调从地物边界和形状信息中进行物体识别，而图像分类则着眼于从地物的光谱特征出发对地物类别进行区分，图像分类的结果通常是给人工目视解译提供定量信息，而不是提供简单的形状结构信息。

## 第 8 章

形态学图像处理

形态学图像处理方法把基于探测思想的数学形态学用于图像处理,利用可携带知识(形态、大小、灰度等)的称为结构元素的"探针"收集图像的信息,通过结构元素在图像中的移动来考察图像中各个部分之间的相互关系,从而实现对图像结构特征的探测。

8.1 内 容 解 析

8.1.1 数学形态学图像处理方法的基本思想

基于数学形态学的图像处理方法主要用于研究图像的几何结构,其基本思想是利用一个结构元素(structuring element)探测图像,看是否能将该结构元素填充地放在图像内部,并通过对图像内放入结构元素位置的标记,得到关于图像结构的信息。

研究表明,探测的图像的结构信息与结构元素的尺寸和形状有关。通过有针对性地构造不同的结构元素,就可以得到不同的处理和分析结果,从而完成不同的图像处理和问题分析。

8.1.2 形态学图像处理方法中的有关问题

1. 形态学图像处理最基本的运算

形态学图像处理最基本的运算是腐蚀和膨胀。对应于二值图像是二值腐蚀运算和二值膨胀运算,其他的二值形态学运算都是在二值腐蚀运算和二值膨胀运算基础上演变而来的;对应于灰度图像是灰度腐蚀运算和灰度膨胀运算,其他的灰度形态学运算都是在灰度腐蚀运算和灰度膨胀运算基础上演变而来的。

2. 二值腐蚀运算与膨胀运算对结构元素移动范围的要求

腐蚀运算要求结构元素必须完全包括在被腐蚀图像内部,也就是说,当结构元素在目标图像上平移时,结构元素中的任何元素不能超出目标图像的范围。

膨胀运算只要求结构元素的原点在目标图像的内部平移,也就是说,当结构元素在目标图像上平移时,允许结构元素中的非原点像素超出目标图像范围。

3. 二值腐蚀运算与膨胀运算的特征

腐蚀运算具有收缩图像和消除图像中比结构元素小的成分的作用,比如利用腐蚀运算可以将图像中相互粘连的物体分开,可以消除图像中的小颗粒噪声;膨胀运算具有扩大图像和填充图像中比结构元素小的成分的作用,比如可以利用膨胀运算连接图像中相邻的物体或目标区域,可以填充图像中的小孔和狭窄缝隙。

4. 灰度腐蚀和膨胀运算与二值腐蚀和膨胀运算过程的不同

二值图像的腐蚀和膨胀运算移动的是结构元素,而灰度腐蚀和膨胀运算移动的是输入图像而不是结构元素。

5. 腐蚀运算与开运算的异同点

腐蚀运算和开运算都具有消除图像中比结构元素小的成分的作用。但腐蚀运算在消除图像中比结构元素小的成分的同时,会使图像中的目标物体收缩变小;而开运算在消除图像中比结构元素小的成分的同时,能较好地保持图像中目标物体的大小不变。

6. 膨胀运算与闭运算的异同点

膨胀运算和闭运算都具有填充图像中比结构元素小的小孔和狭窄缝隙的作用。但膨胀运算在填充图像中比结构元素小的小孔和狭窄缝隙的同时,会使图像中的目标物体扩大;而闭运算在填充图像中比结构元素小的小孔和狭窄缝隙的同时,能较好地保持图像中目标物体的大小不变。

8.2 习题 8 解答

8.1 解释下列术语。

(1) 数学形态学:数学形态学是以形态为基础对图像进行分析的数学工具,它以集合论为数学工具,具有完备的数学理论基础,是一种有效的非线性图像处理和分析理论,可用于二值图像和灰度图像的处理和分析,并且可以这些基本运算为基础推导和组合出许多实用的形态学处理算法。

(2) 腐蚀:设 A 为目标图像,B 为结构元素,y 为集合平移的位移量,则目标图像 A 可被结构元素 B 腐蚀定义为

$$A \ominus B = \{ x \mid (B)_y \subseteq A \}$$

(3) 膨胀:膨胀是腐蚀的对偶运算。设 A 为目标图像,B 为结构元素,y 为集合平移的位移量,则目标图像 A 可被结构元素 B 膨胀定义为

$$A \oplus B = \{ x \mid ((\hat{B})_y \bigcap A) \subseteq A \}$$

(4) 开运算:是指使用同一个结构元素对目标图像先进行腐蚀运算,再进行膨胀运算。设 A 为目标图像,B 为结构元素,则结构元素 B 对目标图像 A 的开运算可定义为

$$A \circ B = (A \ominus B) \oplus B$$

(5) 闭运算：闭运算是开运算的对偶运算，是指使用同一个结构元素对目标图像先进行膨胀运算，再进行腐蚀运算。设 A 为目标图像，B 为结构元素，则结构元素 B 对目标图像 A 的闭运算可定义为

$$A \cdot B = (A \oplus B) \ominus B$$

(6) 形态学图像梯度：形态学梯度可用图像的膨胀结果减去图像的腐蚀结果得到。设对灰度图像 f 进行灰度形态学运算的结构元素为 b，灰度图像的形态学梯度为 g，则形态学梯度可表示为

$$g = (f \oplus b) - (f \ominus b)$$

(7) 区域填充：是指在已知图像中的封闭区域的基础上，首先将区域中的某一点赋予指定颜色，然后将该点颜色扩散到整个区域的所有点的过程。

在二值形态学运算中，通常认为封闭区域的颜色为黑色，给区域中的某一点赋予的指定颜色也是黑色，所以区域填充的结果是封闭边界内的区域与边界一起构成一个大区域。二值形态学的区域填充是以图像的膨胀、求补和交集为基础，通过下列迭代运算实现的，即

$$X_k = (X_{k-1} \oplus B) \bigcap A^c$$

(8) 骨架提取：骨架反应了图像目标的拓扑结构和细化结构，骨架可以用中轴来形象地描述。骨架提取是指寻找图像的细化结构的过程，骨架提取也称为骨架化。骨架提取在文字识别等方面具有十分广泛的应用。

(9) Top-hat 变换：设高帽变换结果用 h 表示，则 Top-hat(高帽)变换可定义为：

$$h = f - (f \circ b)$$

高帽(Top-hat)变换是因其使用类似高帽形状的结构元素进行形态学图像处理而得名。

高帽变换可以检测出图像中较尖锐的波峰，利用这一特点可从较暗(亮)且变换平缓的背景中提取较亮(暗)的细节(比如增强图像中阴影部分细节特征，对灰度图像进行物体分割)，检测灰度图像中波峰和波谷及细长图像结构等。

8.2 简述数学形态学在图像处理中的应用。

答：形态学图像处理已成为数字图像处理技术中的一个主要研究方向，在文字识别、显微图像分析、医学图像处理、工业检测、机器人视觉等方面都具有非常成功的应用。形态学运算已经成为了图像处理的基本运算，被广泛地应用于图像增强、分隔、恢复、边缘检测、纹理分析、颗粒分析、特征提取、骨架化、形状分析、压缩、成分分析及细化等诸多领域。

8.3 依据二值腐蚀运算的定义写出该算法的具体步骤，并编程实现。

答：实现步骤及 VC++ 6.0 源程序如下：

```
/***********************************************************************
* 函数名称：
*    ErosiontionDIB()
* 参数：
*    LPSTR lpDIBBits        - 指向源 DIB 图像指针
*    LONG lWidth            - 源图像宽度(像素数，必须是 4 的倍数)
*    LONG lHeight           - 源图像高度(像素数)
*    int nMode              - 腐蚀方式：0 表示水平方向，1 表示垂直方向，2 表示自定义结构元素
* int structure[3][3]       - 自定义的 3×3 结构元素
* 返回值：
*    BOOL                   - 腐蚀成功返回 TRUE，否则返回 FALSE
```

```
 * 说明:
 * 该函数用于对图像进行腐蚀运算。结构元素为水平方向或垂直方向的 3 个点,中间点
 * 位于原点;或者由用户自己定义 3×3 的结构元素,最左下角处或中心点为原点
 * 要求目标图像为只有 0 和 255 两个灰度值的灰度图像
 ********************************************************************************** /
BOOL CDibImage::ErosionDIB(LPSTR lpDIBBits, LONG lWidth, LONG lHeight,
                           int nMode , int structure[3][3])
{
LPSTR lpSrc;                         //指向源图像的指针
LPSTR lpDst;                         //指向缓存图像的指针
LPSTR lpNewDIBBits;                  //指向缓存 DIB 图像的指针
HLOCAL hNewDIBBits;
long i,j,n,m;                        //循环变量
unsigned char pixel;                 //像素值

//暂时分配内存,以保存新图像
hNewDIBBits = LocalAlloc(LHND, lWidth * lHeight);
if (hNewDIBBits == NULL)
{
     return FALSE;
}

lpNewDIBBits = (char * )LocalLock(hNewDIBBits);

//初始化新分配的内存,设定初始值为 255
lpDst = (char *)lpNewDIBBits;
memset(lpDst, (BYTE)255, lWidth * lHeight);

if(nMode == 0)
{
     //使用水平方向的结构元素进行腐蚀
     for(j = 0; j <lHeight; j++)
     {
          for(i = 1;i <lWidth - 1; i++)
          {
               //由于使用 1×3 的结构元素,为防止越界,所以不处理最左边和最右边
               //的两列像素

               //指向源图像倒数第 j 行,第 i 个像素的指针
               lpSrc = (char * )lpDIBBits + lWidth * j + i;
               //指向目标图像倒数第 j 行,第 i 个像素的指针
               lpDst = (char *)lpNewDIBBits + lWidth * j + i;
               //取得当前指针处的像素值,注意要转换为 unsigned char 型
               pixel = (unsigned char) * lpSrc;

               //目标图像中含有 0 和 255 外的其他灰度值
               if(pixel != 255 && * lpSrc != 0)
               {
                    return FALSE;
               }
```

```
                    //目标图像中的当前点先赋成黑色
                     * lpDst = (unsigned char)0;

                    //如果源图像中当前点自身或者左右有一个点不是黑色,
                    //则将目标图像中的当前点赋成白色
                    for (n = 0;n < 3;n++)
                    {
                            pixel = * (lpSrc + n - 1);
                            if (pixel = = 255 )
                            {
                                * lpDst = (unsigned char)255;
                                break;
                            }
                    }
                }
            }
        }
    }
else if(nMode = = 1)
{
        //使用垂直方向的结构元素进行腐蚀
        for(j = 1; j <lHeight - 1; j++)
        {
            for(i = 0;i <lWidth; i++)
            {
                    //由于使用1×3的结构元素,为防止越界,所以不处理最上边和最下边
                    //的两列像素

                    //指向源图像倒数第 j 行,第 i 个像素的指针
                    lpSrc = (char  * )lpDIBBits + lWidth * j + i;
                    //指向目标图像倒数第 j 行,第 i 个像素的指针
                    lpDst = (char  * )lpNewDIBBits + lWidth * j + i;
                    //取得当前指针处的像素值,注意要转换为 unsigned char 型
                    pixel = (unsigned char) * lpSrc;

                    //目标图像中含有 0 和 255 外的其他灰度值
                    if(pixel ! = 255 && * lpSrc ! = 0)
                    {
                            return FALSE;
                    }

                    //目标图像中的当前点先赋成黑色
                     * lpDst = (unsigned char)0;

                    //如果源图像中当前点自身或者上下有一个点不是黑色,
                    //则将目标图像中的当前点赋成白色
                    for (n = 0;n < 3;n++)
                    {
                            pixel = * (lpSrc + (n - 1) * lWidth);
                            if (pixel = = 255 )
                            {
                                * lpDst = (unsigned char)255;
```

```
                                    break;
                                }
                            }
                        }
                    }
                }
                else
                {
                    //使用自定义的结构元素进行腐蚀
                    for(j = 1; j < lHeight - 1; j++)
                    {
                        for(i = 0; i < lWidth; i++)
                        {
                            //由于使用 3×3 的结构元素,为防止越界,所以不处理最左边和最右边
                            //的两列像素和最上边和最下边的两列像素

                            //指向源图像倒数第 j 行,第 i 个像素的指针
                            lpSrc = (char * )lpDIBBits + lWidth * j + i;
                            //指向目标图像倒数第 j 行,第 i 个像素的指针
                            lpDst = (char * )lpNewDIBBits + lWidth * j + i;
                            //取得当前指针处的像素值,注意要转换为 unsigned char 型
                            pixel = (unsigned char) * lpSrc;

                            //目标图像中含有 0 和 255 外的其他灰度值
                            if(pixel != 255 && * lpSrc != 0)
                            {
                                return FALSE;
                            }

                            //目标图像中的当前点先赋成黑色
                            * lpDst = (unsigned char)0;

                            //如果原图像中对应结构元素中为黑色的那些点中有一个不是黑色,
                            //则将目标图像中的当前点赋成白色
                            //注意,在 DIB 图像中内容是上下倒置的
                            for (m = 0;m < 3;m++)
                            {
                                for (n = 0;n < 3;n++)
                                {
                                    if( structure[m][n] == -1)
                                        continue;
                                    pixel = * (lpSrc + ((2 - m) - 1) * lWidth + (n - 1));
                                    if (pixel == 255 )
                                    {
                                        * lpDst = (unsigned char)255;
                                        break;
                                    }
                                }
                            }
                        }
                    }
                }
                //复制腐蚀后的图像
                memcpy(lpDIBBits, lpNewDIBBits, lWidth * lHeight);
```

```
LocalUnlock(hNewDIBBits);
LocalFree(hNewDIBBits);

return TRUE;
}
```

8.4 依据二值膨胀运算的定义写出该算法的具体步骤,并编程实现。

答: 实现步骤及 VC++ 6.0 源程序如下:

```
/ ******************************************************************************
* 函数名称:
*   DilationDIB()
* 参数:
*   LPSTR   lpDIBBits        - 指向源 DIB 图像指针
*   LONG   lWidth            - 源图像宽度(像素数,必须是 4 的倍数)
*   LONG lHeight             - 源图像高度(像素数)
*   int     nMode            - 膨胀方式:0 表示水平方向,1 表示垂直方向,2 表示自定义
*                              结构元素
*   int     oldstructure[3][3]  - 自定义的 3×3 结构元素
* 返回值:
*   BOOL                     - 膨胀成功返回 TRUE,否则返回 FALSE
* 说明:
* 该函数用于对图像进行膨胀运算。结构元素为水平方向或垂直方向的 3 个点,中间点
* 位于原点; 或者由用户自己定义 3×3 的结构元素,最左下角处或中心点为原点
* 要求目标图像为只有 0 和 255 两个灰度值的灰度图像
* ****************************************************************************** /
BOOL CDibImage::DilationDIB(LPSTR lpDIBBits, LONG lWidth, LONG lHeight, int nMode,
                          int oldstructure[3][3])
{
    LPSTR   lpSrc;                  //指向源图像的指针
    LPSTR   lpDst;                  //指向缓存图像的指针
    LPSTR   lpNewDIBBits;           //指向缓存 DIB 图像的指针
    HLOCAL  hNewDIBBits;
    long i,j,m,n;                   //循环变量
    unsigned char pixel;            //像素值
    int newstructure[3][3];         //oldstructure 取反射后的反射集合
    //暂时分配内存,以保存新图像
    hNewDIBBits = LocalAlloc(LHND, lWidth * lHeight);
    if (hNewDIBBits == NULL)
    {
        return FALSE;
    }

    lpNewDIBBits = (char * )LocalLock(hNewDIBBits);

    //初始化新分配的内存,设定初始值为 255
    lpDst = (char * )lpNewDIBBits;
    memset(lpDst, (BYTE)255, lWidth * lHeight);

    if(nMode == 0)
    {
        //使用水平方向的结构元素进行膨胀
        for(j = 0; j < lHeight; j++)
        {
```

```
        for(i = 1;i <lWidth - 1; i++)
        {
                //假设1×3结构元素的中间点是中心点
                //由于使用1×3的结构元素,为防止越界,所以不处理最左边和最右边
                //的两列像素

                //指向源图像倒数第j行,第i个像素的指针
                lpSrc = (char * )lpDIBBits + lWidth * j + i;
                //指向目标图像倒数第j行,第i个像素的指针
                lpDst = (char * )lpNewDIBBits + lWidth * j + i;
                //取得当前指针处的像素值,注意要转换为unsigned char型
                pixel = (unsigned char) * lpSrc;

                //目标图像中含有0和255外的其他灰度值
                if(pixel != 255 && pixel != 0)
                {
                        return FALSE;
                }

                //目标图像中的当前点先赋成白色
                * lpDst = (unsigned char)255;

                //源图像中当前点自身或者左右只要有一个点是黑色,
                //则将目标图像中的当前点赋成黑色
                for (n = 0;n < 3;n++)
                {
                        pixel = * (lpSrc + n - 1);
                        if (pixel == 0 )
                        {
                                * lpDst = (unsigned char)0;
                                break;
                        }
                }
        }
    }
}
else if(nMode == 1)
{
    //使用垂直方向的结构元素进行膨胀
    for(j = 1; j <lHeight - 1; j++)
    {
        for(i = 0;i <lWidth; i++)
        {
                //假设3×1结构元素的中间点是中心点
                //由于使用1×3的结构元素,为防止越界,所以不处理最上边和最下边
                //的两列像素

                //指向源图像倒数第j行,第i个像素的指针
                lpSrc = (char * )lpDIBBits + lWidth * j + i;
                //指向目标图像倒数第j行,第i个像素的指针
                lpDst = (char * )lpNewDIBBits + lWidth * j + i;
                //取得当前指针处的像素值,注意要转换为unsigned char型
                pixel = (unsigned char) * lpSrc;
```

```
        //目标图像中含有 0 和 255 外的其他灰度值
        if(pixel ! = 255 && * lpSrc ! = 0)
        {
                return FALSE;
        }

        //目标图像中的当前点先赋成白色
        * lpDst = (unsigned char)255;

        //源图像中当前点自身或者上下只要有一个点是黑色,
        //则将目标图像中的当前点赋成黑色
        for (n = 0;n < 3;n++)
        {
                pixel = * (lpSrc + (n - 1) * lWidth);
                if (pixel == 0 )
                {
                    * lpDst = (unsigned char)0;
                    break;
                }
        }
    }
  }
}
else
{
    //使用自定义的结构元素进行膨胀
    for(j = 1; j < lHeight - 1; j++)
    {
        for(i = 0;i < lWidth; i++)
        {
                //由于使用 3×3 的结构元素,为防止越界,所以不处理最左边和最右边
                //的两列像素和最上边和最下边的两列像素

                //指向源图像倒数第 j 行,第 i 个像素的指针
                lpSrc = (char * )lpDIBBits + lWidth * j + i;
                //指向目标图像倒数第 j 行,第 i 个像素的指针
                lpDst = (char * )lpNewDIBBits + lWidth * j + i;
                //取得当前指针处的像素值,注意要转换为 unsigned char 型
                pixel = (unsigned char) * lpSrc;

                //目标图像中含有 0 和 255 外的其他灰度值
                if(pixel ! = 255 && * lpSrc ! = 0)
                {
                        return FALSE;
                }

                //目标图像中的当前点先赋成白色
                * lpDst = (unsigned char)255;

                //源图像中对应结构元素中为黑色的那些点中只要有一个是黑色,
                //则将目标图像中的当前点赋成黑色
                //注意,在 DIB 图像中内容是上下倒置的
                //对原结构元素求反射的反射集合,再用反射集合膨胀源图像的操作就相当于对
                //图像平移结构元素后求并集
```

```
//反射集合由对原结构元素作关于其原点的反射得到
for (m = 0;m < 3;m++)
{
        for (n = 0;n < 3;n++)
        {
            if( structure[m][n] == -1)
                continue;
            pixel = * (lpSrc + ((2 - m) - 1) * lWidth + (n - 1));
            if (pixel == 0)
            {
                * lpDst = (unsigned char)0;
                break;
            }
        }
    }
}
//复制膨胀后的图像
memcpy(lpDIBBits, lpNewDIBBits, lWidth * lHeight);

LocalUnlock(hNewDIBBits);
LocalFree(hNewDIBBits);

return TRUE;
}
```

8.5 说明二值开运算和闭运算对图像处理的作用及其特点。

答：(1) 两种运算的作用主要是：开运算可用来平滑图像中物体的边界，消除图像中比结构元素小的颗粒噪声，在纤细点处分离物体等。闭运算可用来填充图像中比结构元素小的小孔，连接狭窄的间断，填充狭窄的缝隙等。

(2) 两种运算的特点主要是：开运算与闭运算具有对偶性。闭运算也可以使物体的轮廓线变得光滑。闭运算具有磨光物体内边界的作用；而开运算具有磨光物体外边界的作用。

8.6 推导开运算和闭运算的对偶性公式。

分析：即要证明式：(1)$(A \circ B)^c = A^c \bullet \hat{B}$和(2)$(A \bullet B)^c = A^c \circ \hat{B}$。

证明：由主教材中的式(8.14)$A \circ B = (A \Theta B) \oplus B$，主教材中的式(8.15)$A \bullet B = (A \oplus B) \Theta B$，主教材中的式(8.12)$(A \oplus B)^c = A^c \Theta \hat{B}$和主教材中的式(8.13)$(A \Theta B)^c = A^c \oplus \hat{B}$。

(1) 证明：$(A \circ B)^c = [(A \Theta B) \oplus B]^c$　　　根据主教材中的式(8.14)

$= (A \Theta B)^c \Theta \hat{B}$　　　根据主教材中的式(8.12)

$= (A^c \oplus \hat{B}) \Theta \hat{B}$　　　根据主教材中的式(8.13)

$= A^c \bullet \hat{B}$　　　根据主教材中的式(8.15)

(2) 证明：$(A \bullet B)^c = [(A \oplus B) \Theta C]^c$　　　根据主教材中的式(8.15)

$= (A \oplus B)^c \oplus \hat{B}$　　　根据主教材中的式(8.13)

$= (A^c \Theta \hat{B}) \oplus \hat{B}$　　　根据主教材中的式(8.12)

$= A^c \circ \hat{B}$　　　根据主教材中的式(8.14)

8.7 开运算与腐蚀运算相比有何优越性？

答：腐蚀运算和开运算都具有消除图像中比结构元素小的成分的作用。但腐蚀运算在消除图像中比结构元素小的成分的同时，会使图像中的目标物体收缩变小；而开运算在消除图像中比结构元素小的成分的同时，能较好地保持图像中目标物体的大小不变。这是开运算相对于腐蚀运算的优越性。

8.8 闭运算与膨胀运算相比有何优越性？

答：膨胀运算和闭运算都具有填充图像中比结构元素小的小孔和狭窄缝隙的作用。但膨胀运算在填充图像中比结构元素小的小孔和狭窄缝隙的同时，会使图像中的目标物体扩大；而闭运算在填充图像中比结构元素小的小孔和狭窄缝隙的同时，能较好地保持图像中目标物体的大小不变。这是闭运算相对于膨胀运算的优越性。

8.9 用集合论知识证明二值形态学腐蚀运算和膨胀运算的结合性与平移不变性。

证明：（1）二值形态学腐蚀运算的结合律，即证明

$$A\Theta(B\oplus C)=(A\Theta B)\Theta C$$

令 $x=(A\Theta B)\Theta C$，那么 $\forall c\in C$ 有

$$x+c\in(A\Theta B)$$

而 $x+c\in(A\Theta B)$ 隐含

$$x+c+b\in A，其中 b\in B$$

如果令 $d\in(B\oplus C)$，则上式变成

$$x+d\in A$$

因此 $x\in A\Theta(B\oplus C)$，腐蚀运算的结合律得证。

（2）二值形态学腐蚀运算的平移不变性，即证明

$$A\Theta B_x=(A\Theta B)_{-x}$$

设 $y\in A\Theta B_x\Leftrightarrow$ 对于每个 $b\in B_x$ 有

$$y\in A\Theta B_x$$
$$y\in A\Theta B_x\Leftrightarrow y-x\in A\Theta B$$
$$\Leftrightarrow y\in(A\Theta B)_{-x}$$

腐蚀运算的平移不变性得证。

（3）二值形态学膨胀运算的结合律，即证明

$$(A\oplus B)\oplus C=A\oplus(B\oplus C)$$

由于

$$(A\oplus B)\oplus C=\bigcup\{B+a\mid a\in A\}\oplus C=\bigcup\{B+a+c\mid a\in A,c\in C\}$$
$$A\oplus(B\oplus C)=\bigcup\{B+c\mid c\in C\}\oplus A=\bigcup\{B+c+a\mid c\in C,a\in A\}$$

所以 $(A\oplus B)\oplus C=A\oplus(B\oplus C)$，膨胀运算的结合律得证。

（4）二值形态学腐蚀运算的平移不变性，即证明

$$A\oplus B_x=(A\oplus B)_x$$

由于

$$A\oplus B_x=\bigcup\{B_x+a\mid a\in A\}=\{b+a+x\mid a\in A,b\in B\}$$
$$(A\oplus B)_x=(\bigcup\{B+a\mid a\in A\})_x=\{b+a+x\mid a\in A,b\in B\}$$

所以 $A\oplus B_x=(A\oplus B)_x$，腐蚀运算的平移不变性得证。

8.10 已知一幅灰度图像的矩阵为 $\boldsymbol{A}$，结构元素矩阵为 $\boldsymbol{B}$，试写出结构元素 $\boldsymbol{B}$ 对 $\boldsymbol{A}$ 进行腐蚀运算与膨胀运算的结果。

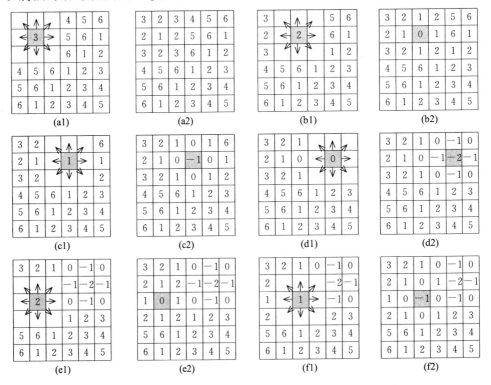

灰度图像的矩阵 **A**

结构元素矩阵 **B**

答：(1) 下面是计算图像 **A** 的灰度腐蚀运算的过程，腐蚀过程中各步的图示如图 8-1 所示，为了表述上的方便，以下各步只给出子图的序号。

① 将 **B** 重叠在 **A** 的左上角 3×3 区域上，如图(a1)所示。

② 依次用 **A** 的中心元素减去 **B** 的各个元素并将结果放在对应的位置上，如图(a2)所示。

③ 依次将 **B** 移动到 **A** 的右侧 3×3 区域上进行相同的操作，每次向右移动一列。图(b1)所示为把 **B** 移动到 **A** 的右侧相邻 3×3 区域上，图(b2)为此时计算的结果。图(c2)、图(d2)分别为每次右移一列后的计算结果。

④ 将 **B** 下移一行，重叠在第二行左边开始的 3×3 区域上，依据上述方法求得计算结果，然后每次向右移动一列进行计算。该行处理完毕后，下移一行继续计算，直到将图像中的所有 3×3 区域覆盖完毕为止。图(e1)、图(f1)、图(g1)、图(h1)、图(i1)、图(j1)、图(k1)…图(p1)依次为依据上述路径重叠在 **A** 上时的中心元素，图(e2)、图(f2)、图(g2)、图(h2)、图(i2)、图(j2)、图(k2)…图(p2)依次为依据上述路径重叠在 **A** 上之后计算的结果。

⑤ 取得到的所有位置结果的最小值，即为图像灰度矩阵 **A** 中元素腐蚀的结果，如图(q)所示。腐蚀的最终结果如图(q)所示。

图 8-1　腐蚀过程图示

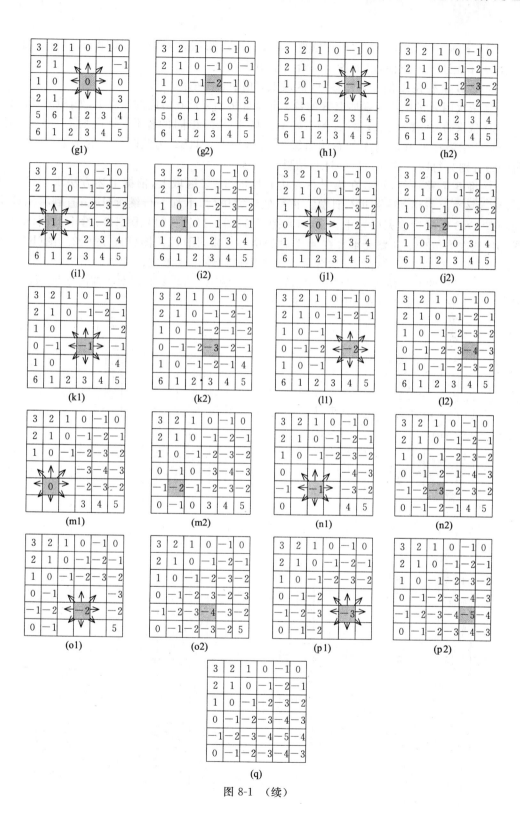

图 8-1 （续）

（2）下面是计算图像 A 的灰度膨胀运算的过程，膨胀过程中各步的图示如习题图 8-2 所示，为了表述上的方便，以下各步只给出子图的序号。

① 将 B 重叠在 A 的左上角 3×3 区域上，如图（a1）所示。

② 依次用 A 的中心元素加上 B 的各个元素并将结果放在对应的位置上，如图（a2）所示。

③ 依次将 B 移动到 A 的右侧 3×3 区域上进行相同的操作，每次向右移动一列。图（b1）所示为把 B 移动到 A 的右侧相邻 3×3 区域上，图（b2）为此时计算的结果。图（c2）、图（d2）分别为每次右移一列后的计算结果。

④ 将 B 下移一行，重叠在第二行左边开始的 3×3 区域上，依据上述方法求得计算结果，然后每次向右移动一列进行计算。该行处理完毕后，下移一行继续计算，直到将图像中的所有 3×3 区域覆盖完毕为止。图（e1）、图（f1）、图（g1）、图（h1）、图（i1）、图（j1）、图（k1）···图（p1）依次为依据上述路径重叠在 A 上时的中心元素，图（e2）、图（f2）、图（g2）、图（h2）、图（i2）、图（j2）、图（k2）···图（p2）依次为依据上述路径重叠在 A 上之后计算的结果。

⑤ 取得到的所有位置结果的最小值，即为图像灰度矩阵 A 中元素腐蚀的结果，如图（q）所示。膨胀运算的最终结果如图（q）所示。

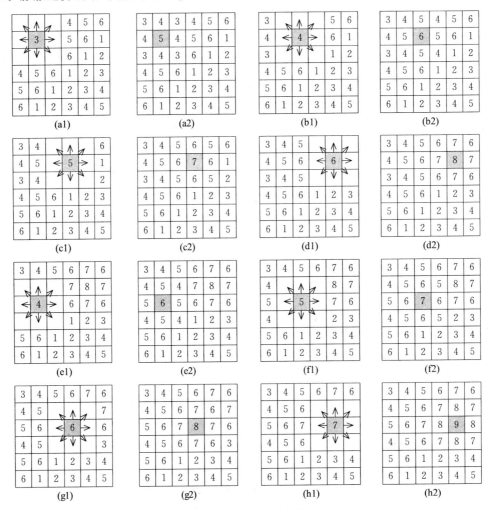

图 8-2　膨胀过程图示

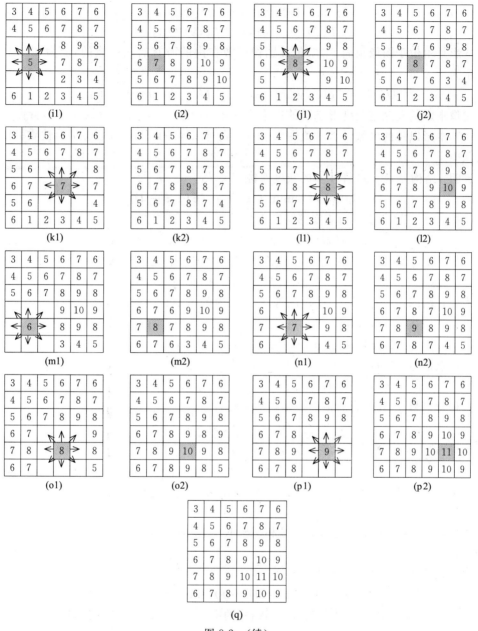

图 8-2 （续）

8.11 说明灰度开运算和闭运算对图像处理的作用及其特点。

答：（1）两种运算的作用主要是：开运算可以去除相对于结构元素较小的明亮细节，保持整体的灰度级和较大的明亮区域不变；也可以相对地保持较暗部分不受影响。闭运算可以除去图像中的暗细节部分，相对地保持明亮部分不受影响。

（2）两种运算的特点主要是：灰度开运算与灰度闭运算具有对偶性。

8.12 利用图像的顶面、本影等概念证明灰度腐蚀运算和灰度膨胀运算的结合性与平移不变性。

证明：顶面是由函数 $f(x,y)$ 在定义域范围内的上曲面构成的，记为 $T(f)$，用公式表

示为

$$T(f) = \{f(x,y) \mid (x,y) \in D_f\}$$

本影是由位于图像顶面下方，包括图像函数在内的所有的点构成的，记为 $U(f)$，用公式表示为

$$U(f) = \{g(x,y) \mid g(x,y) \leqslant f(x,y),(x,y) \in D_f\}$$

图像本影的概念是灰度形态学的理论基础和本质核心，如果将图像的本影看做二值图像的"0"，本影以外的区域看做二值图像的"1"，则可以容易地将二值形态学的性质引申到灰度图像中。

证明：结构元素 g 对信号 f 的灰度腐蚀定义为

$$(f \Theta g)(x) = \min(f(z) - g_x(z) \mid z \in D[g_x])$$

结构元素 g 对信号 f 的灰度膨胀定义为

$$(f \oplus g)(x) = \max(g(z-x) - f(x) \mid x \in D[f])$$

顶面是由函数 $f(x,y)$ 在定义域范围内的上曲面构成，记为 $T[f]$，用公式表示为

$$T[f] = \{f(x,y) \mid (x,y) \in D_f\}$$

本影是由图像顶面下方，包括图像函数在内的所有的点构成，记为 $U(f)$，用公式表示为

$$U(f) = \{g(x,y) \mid g(x,y) \leqslant f(x,y),(x,y) \in D_f\}$$

对任意信号 f，用 $G(f)$ 表示 f 的图形，用公式表示为

$$G(f) = \{(x,y) \mid (x,y) \in D_f\}$$

对任意信号 f，其本影的顶面就是它的图形，即

$$G(f) = T[U(f)]$$

这样，顶面算子相当于本影变换的逆算子，即

$$T = U^{-1}$$

对于灰度腐蚀，有

$$f \Theta g = T[U(f) \Theta U(g)]$$

也即，灰度腐蚀可以通过先取信号和结构的本影，对本影作二值腐蚀，然后，取结果的顶面而求得。

对于灰度膨胀，有

$$f \oplus g = T[U(f) \oplus U(g)]$$

也即，灰度膨胀可以通过先取信号和结构的本影，对本影作二值腐蚀，然后，取结果的顶面而求得。

（1）灰度腐蚀运算的结合律，即证明

$$f \Theta(g_1 \oplus g_2) = (f \Theta g_1) \Theta g_2$$

$$
\begin{aligned}
f \Theta(g_1 \oplus g_2) &= f \Theta T[U(g_1) \oplus U(g_2)] && \text{（灰度膨胀定义）}\\
&= T[U(f) \Theta U(T[U(g_1) \oplus U(g_2)])] && \text{（灰度腐蚀定义）}\\
&= T[U(f) \Theta (U(g_1) \oplus U(g_2))] && \text{（顶面和本影互逆）}\\
(f \Theta g_1) \Theta g_2 &= T[U(f) \Theta U(g_1)] \Theta g_2 && \text{（灰度腐蚀定义）}\\
&= T[U(T[U(f) \Theta U(g_1)]) \Theta U(g_2)] && \text{（灰度腐蚀定义）}\\
&= T[(U(f) \Theta U(g_1)) \Theta U(g_2)] && \text{（顶面和本影互逆）}
\end{aligned}
$$

由二值形态学腐蚀运算的结合性可得命题成立。

（2）灰度膨胀运算的结合律，即证明

$$(f \oplus g_1) \oplus g_2 = f \oplus (g_1 \oplus g_2)$$

$$
\begin{aligned}
(f \oplus g_1) \oplus g_2 &= T[U(f) \oplus U(g_1)] \oplus g_2] && \text{（灰度膨胀定义）}\\
&= T[U(T[U(f) \oplus U(g_1)]) \oplus U(g_2)] && \text{（灰度膨胀定义）}\\
&= T[(U(f) \oplus U(g_1)) \oplus U(g_2)] && \text{（顶面和本影互逆）}\\
f \oplus (g_1 \oplus g_2) &= f \oplus T[U(g_1) \oplus U(g_2)] && \text{（灰度膨胀定义）}\\
&= T[U(f) \oplus U(T[U(g_1) \oplus U(g_2)])] && \text{（灰度膨胀定义）}\\
&= T[U(f) \oplus (U(g_1) \oplus U(g_2))] && \text{（顶面和本影互逆）}
\end{aligned}
$$

由二值形态学膨胀运算的结合性可得命题成立。

（3）灰度腐蚀运算的平移不变性，即证明

$$f \Theta g[h] = (f \Theta g)[h]$$

$$
\begin{aligned}
f \Theta g[h] &= T[U(f) \Theta U(g[h])] && \text{（灰度腐蚀定义）}\\
&= T[(U(f) \Theta U(g))[h]] && \text{（二值形态学腐蚀运算的平移不变性）}\\
&= (f \Theta g)[h] && \text{（灰度腐蚀定义）}
\end{aligned}
$$

（4）灰度膨胀运算的平移不变性，即证明

$$f \oplus g[h] = (f \oplus g)[h]$$

$$
\begin{aligned}
f \oplus g[h] &= T[U(f) \oplus U(g[h])] && \text{（灰度膨胀定义）}\\
&= T[(U(f) \oplus U(g))[h]] && \text{（二值形态学膨胀运算的平移不变性）}\\
&= (f \oplus g)[h] && \text{（灰度膨胀定义）}
\end{aligned}
$$

第9章

彩色与多光谱图像处理

由于电子技术、遥感技术及图像获取技术的迅猛发展,彩色图像已经在国民经济的各个领域得到广泛应用,多光谱与高光谱技术也已逐步成为遥感及资源探测领域中的主要支撑技术和手段,因此就凸现出"彩色与多光谱图像处理"一章内容的重要性和前瞻性,这也是主教材的一大特色。

9.1　内容解析

本章内容总体上可分成彩色图像处理基础(包括彩色视觉和彩色模型)、彩色图像变换、彩色图像增强(包括彩色图像增强和彩色图像平滑)、彩色图像分割及边缘检测(包括彩色图像边缘检测和彩色图像分割)、多光谱与高光谱图像处理(包括多光谱图像处理和高光谱图像处理)共5个部分。

9.1.1　彩色模型及应用

从广义上讲,彩色图像是多光谱图像的一种特殊情况,对应于人类视觉的三基色即红、绿、蓝3个波段,是对人眼的光谱量化性质的近似。为了便于计算机处理颜色,常使用颜色模型描述颜色。

1. RGB 彩色模型

RGB 彩色模型的色彩来源于红(Red)、绿(Green)、蓝(Blue)3 种基色不同亮度的叠加,故称为加色模型。RGB 彩色模型是视频监视器(CRT)显示颜色,建立图像显示和成像设备的基础。所以,基于 RGB 三基色的图像显示效果实质上是 R、G、B 三个颜色通道色彩的叠加效果。

在每一种颜色采用 256 个亮度级值度量的情况下,随着具有不同亮度级值的红、绿、蓝 3 种基色的叠加与组合,便形成了色彩丰富的颜色空间。其中,当 R、G、B 各通道的亮度级值均为 255 时,三基色的叠加组合产生白光。当 R 红通道的亮度级值为 255,其余的两个基色 G、B 的亮度级值为 0 时,便可产生纯红的效果,同理可产生纯绿和纯蓝的效果。当 R、G、B 各通道的亮度级值均为 0 时,便形成黑色。当 R、G、B 各通道的亮度级值相同时,产生的是同亮度级值的灰色,对应于消色中除黑、白之外的其他灰色。

2. CMYK 彩色模型

CMYK 彩色模型的基础是 CMY 彩色模型。CMY 彩色模型的色彩来源于青(Cyan)、品红(Magenta)、黄(Yellow)3 种基色从照射的白光中吸收一些颜色,从而改变光波产生颜色,也即从白光中减去一些颜色而产生颜色,故称为减色模型。CMY 彩色模型主要用于印刷调色剂等实体物质产生颜色的彩色打印、彩色印刷领域。具体来说,彩色图像的每个像素值用青、品红、黄油墨的百分比来度量颜色,浅颜色像素的油墨百分比较低,深颜色像素油墨的百分比较高,没有油墨的情况为白色。

虽然 CMY 颜色模型理论上白纸会 100%反射入射光,把 C、M、Y 这 3 种 100%颜色混合则会吸收所有的光而产生黑色。但在实际的彩色打印和彩色印刷中,由于彩色墨水、油墨的化学特性,以及色光反射和纸张对颜料的吸附等因素,或者说纸总会吸收一些光,青、品红、黄 3 原色油墨难免有些杂质,因而 100%的 CMY 三原色组合形成的黑色往往呈现混浊的灰色,黑度不够,也即得不到真正的黑色。为了弥补这一缺陷,印刷中加入了黑色(Black,因为 B 会与蓝色的简写混淆,所以黑色用 K 简写)颜料,即 K 色,故称此为 CMYK 模型。

3. HSI 彩色模型

HSI 彩色模型以色调(Hue)、饱和度(Saturation)和亮度(Intensity)这些易于理解和直观的参数来建立与艺术家使用颜色习惯相近似的色彩模型。也即 HIS 彩色模型以色调、饱和度和亮度来产生各种颜色。色调指物体传导或反射的波长,更常见的是以颜色如红色、橘色或绿色来辨识。饱和度又称色度,是指颜色的强度或纯度。饱和度代表灰色与色调的比例,并以 0%(灰色)~100%(完全饱和)来衡量。亮度是指颜色的相对明暗度,通常以 0%(黑色)~100%(白色)的百分比来衡量。HIS 模型也称为艺术家色彩模型,比较适合于消除数字色彩与传统颜料色彩之间的沟通障碍。

4. YIQ 彩色模型

视觉心理学实验根据视觉系统的特性建议将彩色影像转换成 3 个部分:一个是包含没有色彩成分的明暗度,另外两个为包含色差的部分。据此,美国国家电视系统委员会(National Television Systems Committee,NTSC)定义了用光亮度和色度传送信号的格式 YIQ,其中 Y 代表亮度信息,I、Q 为色度值;欧洲定义了相交替格式(Phase Alternating Line,PAL),使用 YUV 格式。YUV 格式与 YIQ 格式类似,差别仅在于空间上多一个 330° 的旋转。下面介绍 YIQ 彩色模型。

YIQ 彩色模型通常用 RGB 模型来定义,其关系为

$$
\begin{bmatrix} Y(i,j) \\ I(i,j) \\ Q(i,j) \end{bmatrix} = \begin{bmatrix} 0.299 & 0.587 & 0.114 \\ 0.596 & -0.274 & -0.322 \\ 0.212 & -0.523 & 0.311 \end{bmatrix} \begin{bmatrix} R(i,j) \\ G(i,j) \\ B(i,j) \end{bmatrix} \tag{9-1}
$$

$$
\begin{bmatrix} R(i,j) \\ G(i,j) \\ B(i,j) \end{bmatrix} = \begin{bmatrix} 1.000 & 0.956 & 0.621 \\ 1.000 & -0.272 & -0.647 \\ 1.000 & -1.106 & 1.703 \end{bmatrix} \begin{bmatrix} Y(i,j) \\ I(i,j) \\ Q(i,j) \end{bmatrix} \tag{9-2}
$$

需要注意的是,在 YIQ 彩色模型中,表示色度信息的 I、Q 实质上是一种表示色彩的相位信息,进一步的内容请参考有关文献。

5. YUV 彩色模型

与 YIQ 彩色模型的定义类似,YUV 彩色模型也通常用 RGB 模型来定义,其关系为

$$\begin{bmatrix} Y(i,j) \\ U(i,j) \\ V(i,j) \end{bmatrix} = \begin{bmatrix} 0.299 & 0.587 & 0.114 \\ -0.1678 & -0.3313 & 0.500 \\ 0.500 & -0.4187 & -0.0813 \end{bmatrix} \begin{bmatrix} R(i,j) \\ G(i,j) \\ B(i,j) \end{bmatrix} \tag{9-3}$$

$$\begin{bmatrix} R(i,j) \\ G(i,j) \\ B(i,j) \end{bmatrix} = \begin{bmatrix} 1.000 & 0.0 & 1.402 \\ 1.000 & -0.344\,14 & -0.714\,14 \\ 1.000 & 1.1772 & 0.0 \end{bmatrix} \begin{bmatrix} Y(i,j) \\ U(i,j) \\ V(i,j) \end{bmatrix} \tag{9-4}$$

6. YCbCr 彩色模型

与 YUV 彩色空间具有数字等价性的 YCbCr 彩色空间是以演播室质量标准为目标的 CCIR601 编码方案中采用的彩色表示模型,Cb 与 U 分量对应,而 Cr 与 V 分量对应。在该编码方案中,亮度信号与色度信号 Cb、Cr 的采样比率为 4∶2∶2,这是因为人眼对色度信号的变化没有对亮度信号的变化来得敏感。

YCbCr(256 亮度级)可以从 8 位的 RGB 直接计算获得,即

$$Y(i,j) = 0.299R(i,j) + 0.587G(i,j) + 0.114B(i,j) \tag{9-5a}$$

$$Cb(i,j) = -0.1687R(i,j) - 0.3313G(i,j) + 0.5B(i,j) + 128 \tag{9-5b}$$

$$Cr(i,j) = 0.5R(i,j) - 0.4187G(i,j) - 0.0813B(i,j) + 128 \tag{9-5c}$$

反过来,RGB 也可以直接从 YCbCr 计算获得,即

$$R(i,j) = Y(i,j) + 1.402(Cr(i,j) - 128) \tag{9-6a}$$

$$G(i,j) = Y(i,j) - 0.344\,14(Cb(i,j) - 128) - 0.714\,14(Cr(i,j) - 128) \tag{9-6b}$$

$$B(i,j) = Y(i,j) + 1.772(Cb(i,j) - 128) \tag{9-6c}$$

9.1.2　真彩色、伪彩色及假彩色

1. 对真彩色、伪彩色及假彩色的进一步理解

将人眼和光学仪器中的感光材料比较,其视觉响应特性并不完全相同。例如,对于同样的彩色目标,从敏感程度和亮度的关系看,人眼对绿光相对更敏感,所以会有目标偏暗的绿色部分被感觉到,而偏亮的非绿色部分没有感觉到的情况。

照片的形成有两个主要影响因素:感光材料(镜头或胶片)和相纸。由于不同感光材料对各种色彩(也即各种波长和各种频率)的光的敏感程度与人眼相比是有差别的,某些感光材料倾向敏感红光部分,某些感光材料倾向敏感蓝光部分,因而不同感光材料对实景图像照猫画虎的"幻视"就有所差别。

成像后对实景图像的第二次"幻视"是相纸接收图像信息的"冲印记录"过程(这里简化

了传统的先胶片、再洗印过程)。由于不同相纸对成像结果的响应能力的不同,又进行了一次"幻视"过程,因此人眼看到的照片上的成像在许多情况下与直接看实景的视觉效果是有一定或较大差别的。

由于人眼视觉特性的影响,也由于人们视觉分析图像目标的需要,就出现了相对于实景目标真实色彩(真彩色)的伪彩色和假彩色概念。通俗地说,所谓真彩色、伪彩色、假彩色,其判断标准是指(用人眼看到的)照片上的视觉色彩和人眼直接看到的被拍摄实景的色彩两者的比较结果。相同就真(真彩色),完全不同就伪(伪彩色),有些不同就假(假彩色)。总之,其基准是相对于人眼直接看到的实景的视觉效果。

2. 真彩色、伪彩色、假彩色概念描述

(1) 真彩色

从本义上讲,真彩色(True Color)就是景物的真实色彩。但在由 R、G、B 三基色合成各种色彩时,涉及 R、G、B 三种基色的表示和存储位数的定义问题。所以,目前在多数场合,真彩色图像通常是指 R、G、B 都分别用 8 位表示而合成的色彩,即表示真彩色图像中的每个像素的颜色的位数为 24 位,所以有时也把真彩色图像称为 24 位色彩图像。用 24 位表示的真彩色图像可生成 $2^{24}=16\,777\,216$ 种颜色,由于其颜色数足够多,所以真彩色图像也常称为全彩色(Full Color)图像。

(2) 伪彩色

传统意义上的伪彩色(Pseudo Color)处理,是指将一幅灰度图像通过一定的映射,转变为彩色图像,以增强人对原灰度图像的分辨能力的技术。

但相对于真彩色图像的定义,传统意义上的 256 彩色图像就不能看做是真彩色图像了。所以最新出现了一种对伪彩色图像的扩展定义,即伪彩色图像是指每个像素的颜色不是由每个基色分量的数值直接决定,而是把像素值当作彩色查找表(Color Look-Up Table,CLUT)的表项入口地址,去查找一个显示图像时使用的 R、G、B 强度值,用查找出的 R、G、B 强度值产生的彩色称为伪彩色。

彩色查找表 CLUT 是一个事先做好的表,表项入口地址也称为索引号。例如 256 种颜色的查找表,0 号索引对应黑色,……,15 号索引对应白色。彩色图像本身的像素数值和彩色查找表的索引号有一个变换关系,这个关系可以使用 Windows 95/98 定义的变换关系,也可以使用自己定义的变换关系。需要注意的是,通过查找表得到的数值显示的彩色是真的,但不是图像本身真正的颜色,它没有完全反映原图的彩色,所以称为伪彩色。

(3) 假彩色

假彩色(False Color)处理是指把真实的自然彩色图像或遥感多光谱图像处理成另一种彩色图像,由于处理成的图像不是原来真实的色彩图像,所以称为假彩色。

假彩色处理有 3 种形式:①把真实景物图像的像元逐个地映射为另一种颜色;②把多光谱图像中任 3 个光谱图像映射为可见光 RGB,再合成为一幅彩色图像;③把黑白图像用灰度级映射或频谱映射成类似真实彩色的处理(伪彩色),也即把伪彩色看做是假彩色的一个特例。

9.1.3　彩色图像分割

　　彩色图像的分割方法包括直方图阈值法、特征空间聚类法、基于区域的方法、边缘检测方法、模糊方法、神经元网络方法、基于物理模型方法等。通常物体的色度和饱和度由构成物体的材料所具有的光线吸收和反射特性决定,而亮度明显地受光照和视角的影响。因此根据色度和饱和度分割图像比较可靠。在实际问题中,需要对一类物体的颜色进行统计训练,考察其颜色的直方图,根据颜色直方图选择合适的范围可以比较快速地实现图像分割。

9.2　习题 9 解答

　　9.1　解释下列术语。

　　(1) 彩色视觉:是人眼对射入的可见光光谱的强弱及波长成分的一种感觉。

　　(2) 彩色模型:是一个三维坐标系统或子空间规范,位于坐标系统中的每一个点代表一种颜色。

　　(3) RGB 模型:是一种基于笛卡儿坐标的如图 9-1 的彩色立方体子空间。R、G、B 位于相应坐标轴的顶点,黑色位于原点,白色位于离原点最远的顶点,青、品红和黄位于其他的 3 个顶点。在 RGB 模型中,从黑色及各种深浅程度不同的灰色到白色的灰度值分布在从原点到离原点最远的顶点的连线上;立方体上或其内部的点对应不同的颜色,并用从原点到该点的矢量表示。

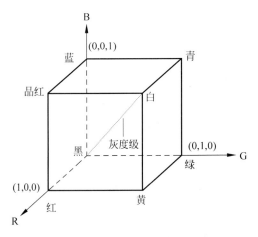

图 9-1　RGB 彩色立方体示意图

　　(4) HSI 模型:是一种定义在如图 9-2 所示的圆柱形坐标的双圆锥上的彩色立方体子空间。下面圆锥的顶点为黑点,亮度为 0;上面圆锥的顶点为白点,亮度为 1;连接黑点和白点的双圆锥体的轴线称为表示亮度分量 I 的亮度轴。任何位于 [0,1] 区间内的亮度值都可以由亮度轴与垂直于该亮度抽的圆平面(色环平面)的交点给出,该亮度值也给出了对应色环平面中所有色点的亮度值。垂直于该亮度轴的一系列色环给出了色调和饱和度。红色位于由亮度轴中心连至色环正右方的线（向量）上，与红轴逆时针旋转的夹角给出色调，向量的长度给出对应色调的饱和度。

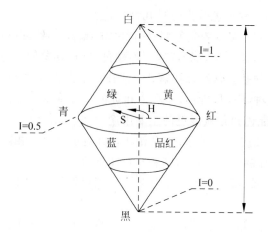

图 9-2 基于圆形彩色平面的 HSI 彩色模型

（5）亮度：对于消色图像来说，亮度也即灰度。对于彩色图像来说，亮度是一种反映颜色明亮程度的属性，颜色中掺入的白色越多，亮度就越大；掺入的黑色越多，亮度就越小。

（6）色调：是一种描述纯色，即可见光谱中包含的一系列单色光的属性。

（7）饱和度：是一种纯色被白光稀释程度的度量。纯色（可见光谱中包含的一系列单色光）是全饱和的，随着白光的加入饱和度会逐渐降低，也即变成欠饱和；也由于纯色中白光的加入，观察者接收到的不再是某种纯色，而是反应该纯色属性的混合颜色。

（8）对比度：从生理学上讲，对比度用于描述物体间亮度的差异性。在数字图像处理中，是针对图像的总体来描述亮度间的差异性，具体来说是指图像中的物体（目标）内或物体与周围背景之间光强的差别。

（9）彩色平衡：由于光源颜色、环境反射、成像设备缺陷等，会导致拍摄或图像数字化后的图像中的颜色在显示时看起来有些不正常，即景物中物体的颜色偏离了它原来的真实色彩。彩色平衡就是通过对色彩偏移图像的色彩校正，把看起来有些不正常的颜色图像恢复成它原来的真实色彩的图像的技术和过程。

（10）真彩色：真彩色又称为全彩色，对应的图像称为真彩色图像或全彩色图像。真彩色是分别用一个字节表示 R、G、B 三种纯色分量的亮度值，也即真彩色图像中的一个像素的实际颜色值用一个三分量的值组（B、G、R）表示，因此真彩色包括的颜色种类多达 $2^8 \times 2^8 \times 2^8 = 16\,777\,216$ 种。

（11）伪彩色：由于人眼识别和区分灰度差异的能力十分有限，通常只有几十种；而人眼识别和区分色彩的能力却很强，可达数百种甚至上千种。利用人眼的这一生理特性，人们通过将一幅具有不同灰度级的图像转换为彩色图像的方法，来提高人们对某些灰度图像的分辨能力。由于利用这种方法构建的彩色图像中的彩色不是原图像的真实色彩，所以将其称为伪彩色。

（12）假彩色：出于某些特殊的图像分析目的，有时人们需要依据某一幅初始的彩色图像，或依据多谱图像中的某些波段生成另外的一幅彩色图像，这一过程称为假彩色增强。由于得到的新彩色图像不能反映原图像的真实色彩,所以称为假彩色。

9.2 解释什么是三基色原理。相加混色的三种基色和三种补色分别是哪几种颜色? 相减混色的三种基色和三种补色分别是哪几种颜色?

答:(1)自然界中的绝大多数颜色都可由红、绿、蓝这三种颜色组合而成;自然界中的绝大多数颜色也都可以分解成红、绿、蓝这三种颜色,这种现象称为色度学中的三基色原理。

(2)相加混色的三种基色是红、绿、蓝;三种补色是青色、品红色和黄色。

(3)相减混色的三种基色是青色、品红色和黄色;三种补色是红、绿、蓝。

9.3 请指出相加混色和相减混色的主要用途。

答:相加混色的主要应用是录像、电视和计算机显示器等。相减混色主要应用于绘画、摄影(包括彩色电影胶片制作)、彩色印刷和彩色印染等。

9.4 为什么用红、绿、蓝三基色的组合只能得到自然界中的绝大多数颜色,而不能得到所有颜色?

答:由 CIE 色度图可知,要想确定色度图中任意给定的三种颜色所组合成的颜色的范围,只要将给定的这三种颜色对应的 3 点连成一个三角形即可。由于在色度图中任意给定 3 个颜色而得到的三角形不可能包含色度图中的所有颜色,所以只用红、绿、蓝三基色并不能组合得到自然界中的所有颜色。

9.5 利用彩色视觉中相加混色和相减混色原理怎样得到品红色?

答:一般把红、绿、蓝三基色按不同比例相加进行混色的方法称为相加混色。在相加混色中,得到品红色的方法是:

$$红色 + 蓝色 = 品红色$$

利用颜料和染料等的吸色性质可以实现相减混色。在相减混色中,以青、品红、黄为三基色构成的 CMY 彩色模型常用于从白光中滤去某种颜色,从而实现相减混色。在相减混色中,得到品红色的方法是:

$$白色 - 绿色 = 品红色$$

9.6 CIE 色度图可以说明哪些问题或现象?

答:从 CIE 色度图可以说明以下问题和现象。

(1)从 380nm 的紫色到 780nm 的红色的所有纯色都位于舌形色度图的边界上;任何不在舌形色度图的边界但在其内部的点都代表一种由纯色混合而成的颜色。

(2)离开舌形色度图的边界移向其中心表示加入更多的白光而使该颜色的纯度降低,到中心的等能量点饱和度为零。

(3)色度图中连接任意两点的直线表示由连线两端的点所代表的颜色按不同比例相加而得到的颜色变化。

(4)从等能量点到位于色度图边界上的任意一点画一直线表示对应边界点纯色的所有色调。

可见,为了确定色度图中任意给定的 3 种颜色所组合成的颜色的范围,只要将给定的这 3 种颜色对应的 3 点连成一个三角形即可。由于在色度图中任意给定 3 个颜色而得到的三角形不可能包含色度图中的所有颜色,所以如同在定义三基色原理时所说,只用三基色(这里指红、绿、蓝三色,当然也可指其他三种单波长纯色颜色)并不能组合得到自然界中的所有颜色。

9.7 简述亮度与白色和黑色的关系。

答：对于消色图像来说，仅有亮度一个属性，亮度也即灰度。以亮度分布为 256 灰度级的图像为例，白色是最亮的，灰度值为 255；黑色是最不亮（暗）的，灰度值为 0，其他则是一系列从浅到深排列的各种灰色。对于彩色图像来说，亮度是一种反映颜色明亮程度的属性，纯色中掺入的白色越多，亮度就越大；纯色中掺入的黑色越多，亮度就越小。

图 9-3　习题 9.9 图

9.8 简述饱和度和白光的关系。

答：饱和度给出了一种纯色被白光稀释的程度的亮度，与加入到纯色中的白光成正比。纯色是全饱和的，随着白光的加入饱和度会逐渐降低，也即变成非饱和的。

9.9 根据 HSI 模型的定义，编写显示图 9-3 的 H、S 和 I 分量图像。

解：图 9-3 的 H、S、I 分量的图像显示程序如下：

```
function hsi = RGBtoHSI(image)          % 该函数的功能是将图像转换成 HIS 模型
rgb = im2double(image);
r = rgb(:,:,1);
g = rgb(:,:,2);
b = rgb(:,:,3);
n = 0.5 * ((r - g) + (r - b));
m = sqrt((r - g).^2 + (r - b). * (g - b));
H = acos(n. /(m + eps));
H(b>g) = 2 * pi - H(b>g);
H = H/(2 * pi);
n = min(min(r,g),b);
m = r + g + b;
den(m == 0) = eps;
S = 1 - 3. * n. /m;
H(S == 0) = 0;
I = (r + g + b)/3;
hsi = cat(3,H,S,I);
```

在命令窗口中输入以下命令：

```
>>f = imread('F:\clip_image002.bmp');          % 从磁盘中读取图像
>>hsi = RGBtoHSI(f);                            % 将图像转换成 HIS
>>figure,imshow(hsi(:,:,1)),figure,imshow(hsi(:,:,2)),figure,imshow(hsi(:,:,3))
                                               % 显示出 H、S 和 I 分量图像
```

运行上述命令即可显示出如图 9-4 所示的 H、S 和 I 分量图像。

9.10 比较 RGB 模型和 HSI 模型在彩色图像处理中的特点，编程实现 RGB 到 HSI 以及 HSI 到 RGB 的转换。

解：(1) RGB 彩色模型的彩色立方体是一个对所有颜色值都进行归一化处理后的单位立方体，因而所有的 RGB 值都在[0,1]范围内取值。HSI 彩色模型常用于观察者进行彩色匹配实验和为艺术家所使用，比较适合用色调(H)、饱和度(S)和亮度(I)描述被观察物体颜

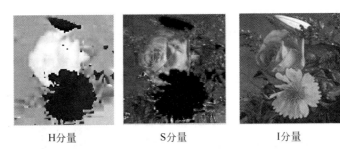

H分量　　　　　　　　S分量　　　　　　　　I分量

图 9-4　习题 9.9 的 H、S 和 I 分量图像

色的解释，比较适合开发基于彩色描述的图像处理。

（2）RGB 到 HSI 转换的 MATLAB 程序代码如下：

```
function hsi = RGBtoHSI(rgb)
rgb = im2double(rgb);
r = rgb(:,:,1);
g = rgb(:,:,2);
b = rgb(:,:,3);
n = 0.5 * ((r - g) + (r - b));
m = sqrt((r - g).^2 + (r - b).*(g - b));
angle = acos(n./(m + eps));
H = angle;
H(b>g) = 2 * pi - H(b>g);
H = H/(2 * pi);
n = min(min(r,g),g);
m = r + g + b;
den(m == 0) = eps;
S = 1 - 3.*n./m;
H(S == 0) = 0;
I = (r + g + b)/3;
hsi = cat(3,H,S,I);
```

（3）HIS 到 RGB 转换的 MATLAB 程序代码如下：

```
function rgb = HSItoRGB(hsi)
H = hsi(:,:,1) * 2 * pi;
S = hsi(:,:,2);
I = hsi(:,:,3);
R = zeros(size(hsi,1),size(hsi,2));
G = zeros(size(hsi,1),size(hsi,2));
B = zeros(size(hsi,1),size(hsi,2));
i = find((0 <= H)&(H<2 * pi/3));
B(i) = I(i).*(1 - S(i));
R(i) = I(i).*(1 + S(i).*cos(H(i))./cos(pi/3 - H(i)));
G(i) = 3 * I(i) - (R(i) + B(i));
i = find((2 * pi/3 <= H)&(H<4 * pi/3));
R(i) = I(i).*(1 - S(i));
G(i) = I(i).*(1 + S(i).*cos(H(i) - 2 * pi/3)./cos(pi - H(i)));
B(i) = 3 * I(i) - (R(i) + G(i));
i = find((4 * pi/3 <= H)&(H< 2 * pi));
```

```
G(i) = I(i). * (1 - S(i));
B(i) = I(i). * (1 + S(i). * cos(H(i) - 4 * pi/3). /cos(5 * pi/3 - H(i)));
R(i) = 3 * I(i) - (G(i) + B(i));
rgb = cat(3,R,G,B);
rgb = max(min(rgb,1),0);
```

9.11 利用 9.3 节介绍的方法编程得到图 9-5(a)所示的真彩色图像的反色图像、灰度化图像和 256 色图像。

解：(1) 对真彩色图像进行反色变换的 MATLAB 程序代码如下：

```
f = imread('F:\clip_image002.bmp');
r = 255 - f(:,:,1);
g = 255 - f(:,:,2);
b = 255 - f(:,:,3);
f1 = cat(3,r,g,b);
imshow(f1)
```

程序中,假设试验用原图像 clip_image002.bmp 放在 F 盘目录下。反色变换后的结果图像如图 9-5(b)所示。

(2) 利用加权平均值灰度化方法对真彩色图像进行灰度化的 MATLAB 程序代码如下：

```
f = imread('F:\clip_image002.bmp');
r = 0.299 * f(:,:,1) + 0.587 * f(:,:,2) + 0.114 * f(:,:,3);
g = 0.299 * f(:,:,1) + 0.587 * f(:,:,2) + 0.114 * f(:,:,3);
b = 0.299 * f(:,:,1) + 0.587 * f(:,:,2) + 0.114 * f(:,:,3);
f2 = cat(3,r,g,b);
imshow(f2)
```

程序中,假设试验用原图像 clip_image002.bmp 放在 F 盘目录下。灰度化后的结果图像如图 9-5(c)所示。

(3) 利用流行色法将真彩色图像转换为 256 彩色图像的 MATLAB 程序代码如下：

```
Function f3 = TrueColorTo256(f)
[lenx,leny,lenz] = size(f);

% 统计原彩色图像中各颜色出现的频率,保存在矩阵 M 中
M = [0,0,0,0;0,0,1,0];
for i = 1:lenx
    for j = 1:leny
        succeed = 0;
        for k = 1:size(M,1)
            if M(k,1) == f(i,j,1)&&M(k,2) == f(i,j,2)&&M(k,3) == f(i,j,3)
                M(k,4) = M(k,4) + 1;
                succeed = 1;
                break;
            end
        end
        if succeed~ = 1
                M(size(M,1) + 1,1) = f(i,j,1);
                M(size(M,1),2) = f(i,j,2);
                M(size(M,1),3) = f(i,j,3);
```

```
                    M(size(M,1),4) = 1;
                end
            end
        end
    % 按照从大到小的顺序选择出前 256 种颜色,保存在矩阵 N 中
    N = [ ];
    for i = 1:size(M,1)
            Max = max(M(:,4));
            for j = 1:size(M,1)
                if M(j,4) = = Max
                N(size(N,1) + 1,1) = M(j,1);
                N(size(N,1),2) = M(j,2);
                N(size(N,1),3) = M(j,3);
                M(j,4) = 0;
                break;
                end
            end
            if size(N,1)> = 1000
                break;
            end
    end
    % 利用就近原则将图像中的其他颜色转换为这 256 种颜色
    for i = 1:lenx
        for j = 1:leny
            for k = 1:size(N,1)
                d1 = double(double(f(i,j,1)) − double(N(k,1)));
                d2 = double(double(f(i,j,2)) − double(N(k,2)));
                d3 = double(double(f(i,j,3)) − double(N(k,3)));
                D(k) = double(sqrt(d1^2 + d2^2 + d3^2));
            end
            dmin = min(D);
            for l = 1:size(N,1)
                if D(l) = = dmin
                    f3(i,j,:) = uint8(N(l,:));
                    break;
                end
            end
        end
    end
    % 显示原图像与转换后的 256 色图像
    imshow(f),figure,imshow(f3)
```

值得注意的是,上述程序的运行需要在命令窗口中输入运行命令:

```
f = imread('F:\clip_image002.bmp');
f3 = TrueColorTo256(f)
```

其中,前一个命令用于读取原图像。

转换成的 256 彩色图像如图 9-5(d)所示。

(a) 原真彩色图像　　　　　(b) 原图像的反色图像

(c) 原图像的灰度图像　　　(d) 原图像的256彩色图像

图 9-5　习题 9.11 的显示结果

9.12　编程实现 9.3.4 节介绍的彩色平衡算法,对一幅存在色偏的图像进行处理,验证算法的有效性。

解:(1) 利用白平衡法进行彩色平衡的 MATLAB 程序代码如下:

```
% 该函数功能是实现彩色平衡处理的白平衡算法
function g = WhiteBalance(f)
% 获取图像的大小
[lenx,leny,lenz] = size(f);
% 显示读入的图像
imshow(f);
% 保存图像的最大亮度
Imax = 0;
% 求图像的最大亮度 Imax
for i = 1:lenx
    for j = 1:leny
        I(i,j) = 0.299 * f(i,j,1) + 0.587 * f(i,j,2) + 0.114 * f(i,j,3);
        if I(i,j) > Imax
          Imax = I(i,j);
        end
    end
end
% 求图像的平均亮度
Iave = sum(I(:))/(size(I,1) * size(I,2));
% 设定阈值 T
T = 0.95 * Imax;
% 求图像中亮度大于阈值 T 的所有像素的 R、G 和 B 分量的总和
n = 0;R = 0;G = 0;B = 0;
```

```
for i = 1:lenx
    for j = 1:leny
        if I(i,j)>T
            n = n + 1;
            R = R + double(f(i,j,1));
            G = G + double(f(i,j,2));
            B = B + double(f(i,j,3));
        end
    end
end
% 求图像中亮度大于阈值 T 的像素的对应 R、G 和 B 分量的均值 Rave、Gave 和 Bave
Rave = double(R/n);
Gave = double(G/n);
Bave = double(B/n);
% 确定白平衡法的调整参数 kR、kG 和 kB
kR = double(Iave/Rave);
kG = double(Iave/Gave);
kB = double(Iave/Bave);
% 利用调整式对色偏图像进行调整
g(:,:,1) = kR * f(:,:,1);
g(:,:,2) = kG * f(:,:,2);
g(:,:,3) = kB * f(:,:,3);
% 显示原图像 f 及最大颜色值法处理后的图像 g 以进行对比
imshow(f),figure,imshow(g)
```

同理,运行上述程序时需要在命令窗口中先输入运行命令:

```
f = imread('F:\clip_image003.bmp');
g = WhiteBalance(f)
```

原图像如图 9-6(a)所示,利用白平衡法进行彩色平衡后的图像如图 9-6(b)所示。

(2) 利用最大颜色值法进行彩色平衡的 MATLAB 程序代码如下:

```
% 该函数功能是实现彩色平衡处理的最大颜色值法
function h = MaxColor(f)
[lenx,leny,lenz] = size(f);
% 计算色偏图像各通道的最大值 Rmax、Gmax 和 Bmax
Rmax = 0;Gmax = 0;Bmax = 0;
for i = 1:lenx
    for j = 1:leny
        if f(i,j,1)>Rmax
            Rmax = f(i,j,1);
        end
        if f(i,j,2)>Gmax
            Gmax = f(i,j,2);
        end
        if f(i,j,3)>Bmax
            Bmax = f(i,j,3);
        end
    end
end
% 计算 Rmax、Gmax 和 Bmax 中最小的一个
```

```
Srgb = min([Rmax,Gmax,Bmax]);
%统计各颜色通道中值大于Srgb的像素个数Nr、Ng和Nb
Nr = 0;Ng = 0;Nb = 0;
for i = 1:lenx
    for j = 1:leny
        if f(i,j,1)>Srgb
            Nr = Nr + 1;
        end
        if f(i,j,2)>Srgb
            Ng = Ng + 1;
        end
        if f(i,j,3)>Srgb
            Nb = Nb + 1;
        end
    end
end
%求出Nr、Ng和Nb的最大值Nmax
Nmax = max([Nr,Ng,Nb]);
%将3个颜色通道的像素值分别保存到数组R、G和B
k = 1;
for i = 1:lenx
    for j = 1:leny
        R(k) = f(i,j,1);
        G(k) = f(i,j,2);
        B(k) = f(i,j,3);
        k = k + 1;
    end
end
%按降序排列数组R、G和B
R = sort(R,'descend');
G = sort(G,'descend');
B = sort(B,'descend');
%求阈值Tr、Tg和Tb
Tr = double(R(Nmax));
Tg = double(G(Nmax));
Tb = double(B(Nmax));
%确定最大颜色值法的调整参数kR、kG和kB
kR = double(double(Srgb)/Tr);
kG = double(double(Srgb)/Tg);
kB = double(double(Srgb)/Tb);
%利用调整式对色偏图像进行调整
h(:,:,1) = kR * f(:,:,1);
h(:,:,2) = kG * f(:,:,2);
h(:,:,3) = kB * f(:,:,3);
%显示原图像f及最大颜色值法处理后的图像h以进行对比
imshow(f),figure,imshow(h)
```

同理,运行上述程序时需要在命令窗口中先输入运行命令:

```
f = imread('F:\clip_image003.bmp');
h = MaxColor(f)
```

利用最大颜色值法进行彩色平衡后的图像如图9-6(c)所示。

(a)原色偏图像　　(b)白平衡法的结果图像 (c)最大颜色值法的结果图像

图 9-6　习题 9.12 的显示结果

9.13　彩色图像平滑和锐化的基本思想是什么？

答：（1）彩色图像平滑的基本思想

总的来说，彩色图像的平滑除了处理的对象是向量外，还要注意图像所用的彩色空间。

① 对基于 RGB 彩色模型的彩色图像进行平滑，就是对彩色图像的 3 个彩色通道 R、G、B 分别进行平滑，其中对每个彩色分量的平滑与灰度图像平滑方法相同。

② 对基于 HSI 彩色模型的彩色图像进行平滑，只需对彩色图像的亮度分量 I 进行平滑，原图像的色调 H 和饱和度 S 信息不变。其中对亮度分量 I 的平滑与灰度图像平滑方法相同。

（2）彩色图像锐化的基本思想

① 对基于 RGB 彩色模型的彩色图像进行锐化，就是对图像的 3 个彩色通道 R、G、B 分别进行锐化，其中对每个彩色分量的锐化与灰度图像锐化方法相同。

② 对基于 HSI 彩色模型的彩色图像进行锐化，只需对彩色图像的亮度分量 I 进行锐化，原图像的色调 H 和饱和度 S 信息不变。其中对亮度分量 I 的锐化与灰度图像锐化方法相同。

9.14　简述 RGB 图像、多光谱图像、高光谱图像三者之间的联系和区别。

答：RGB 图像、多光谱图像、高光谱图像广义上都属于多波段（多光谱）图像。

RGB 图像只有 R、G、B 共 3 个分量，可以把其看成是只有 3 个波段的图像；由于 RGB 图像是一种与 RGB 彩色模型相对应的彩色图像，所以不需要将其再单独称为三光谱图像。

多光谱图像是由可见光、近红外、短波红外、中波红外和热红外等多个波段的图像叠加而成的，所以属于与其名称完全相符的多波段图像。与 RGB 图像相比，多光谱图像由于像元的波段数多，所以图像数据量比较大。

高光谱相对于多光谱来说光谱数量增加得非常多，比如目前已经达到 200 多个光谱，所以给其新起名为高光谱。一般把至少具有 100 多个波段的图像称为高光谱图像。由于高光谱图像的波段数量非常多，所以图像中的每个像素点的所有波段值就构成了反映该像素点特性的一条曲线，也就是说高光谱图像将传统的图像维与光谱维融为一体，在获取地表空间图像的同时，还得到了每个地物的连续光谱信息，从而可依据地物光谱特征进行地物成分信息反演和地物识别，进一步揭示单一波段或多光谱图像所不能反映的信息。与多光谱图像相比，高光谱图像具有像元的波段数多、光谱分辨率高、波段连续、数据量大和信息冗余增加等特点。

　　另外,它们三者的区别还表现在:三者的基本概念、基本处理算法和应用范围都各不相同。

　　9.15　比较3种多光谱图像融合算法的异同。

　　答:多光谱图像的融合算法主要有彩色模型HSI变换法、高通滤波变换法(HPF)和主成分分析法(PCA)3种。

　　(1)彩色模型HSI变换法就是利用HSI彩色模型能够将图像的空间信息和光谱信息分离,可以将多光谱图像变换到HSI空间,用高空间分辨率图像替换多光谱图像的I分量,再进行反变换得到融合后的图像,这样得到的融合结果图像既具有较高的空间分辨率,又能较好地保留多光谱图像中的光谱信息。

　　(2)高通滤波变换法(简称HPF)是一种光谱信息丢失较少的方法,该方法首先采用一个较小的空间高通滤波器对高分辨率图像进行滤波,抽取图像的边缘轮廓信息,即地物的形状特征,然后将这些地物特征依像元叠加到地物特征不明显的低空间分辨率的多光谱分辨率数据中。与彩色模型HSI变换法相比,HPF算法可以对单个或多个多光谱波段进行融合操作。但HPF的滤波器尺寸大小固定,对于不同大小的各种地物类型很难找到一个理想的滤波器。随着选取不同的高通滤波器,融合的效果也不尽相同。

　　(3)主成分分析法(PCA)又称K-L变换,它是一种基于目标统计特征的最佳正交变换。多光谱图像经PCA变换后,主要亮度信息集中在第一主成分,而波段间的差异反映在其他主成分中。这样将修正过的高空间分辨率图像直接替换第一主成分,然后再进行反变换,就可以得到既保持空间信息,又保留光谱信息的融合结果。

第10章

目标表示与描述

利用简单明了的数值、符号或图形，来对给定的图像及其已分割的图像区域进行表示和描述，以反映图像或图像区域的基本特性，更有利于人或机器对原图像的分析和理解，这就是本章内容的宗旨。

10.1　内　容　解　析

进行图像表示和描述的数值、符号或图形从本质上讲可归结为图像特征，而找出合理的描述图像及其图像区域的过程属于图像特征提取的范畴。从图像特征提取的角度研究图像目标的表示和描述问题是一个内容非常宽泛且研究方法十分庞杂的问题。从简化问题和便于理解的角度，本章从边界表示与边界描述，区域表示与区域描述，以及反映边界和边界、区域和区域、边界和区域之间关系的关系描述5个方面对图像目标的表示与描述进行了系统介绍。

10.1.1　边界表示与边界描述的有关问题

1. 链码的一阶差分求法

把原链码看成一个循环序列，将相邻两个方向数按逆时针顺序相减，即差分结果的第 1 位是原链码的最后一位减第 1 位的结果；差分结果的其余各位是右边的那个方向数减左边的那个方向数的结果。

2. 确定形状数时应注意的问题

在确定形状数时，网格中的方框一定要是正方形的，否则在垂直和水平方向的比例就会不一致。当给定阶 n 时，按给定的阶 n 确定方框数（通常是在已知长轴和短轴比例的情况下才给出阶 n 的）；当未给定阶 n 时，网格中方框数的确定应根据长轴和短轴的比例关系，确保每个方框应是正方形的。

10.1.2　基于统计方法的图像纹理描述

基于统计方法的图像纹理描述是图像纹理特征描述的重要方面，涉及对较多的图像纹理特征的理解,在图像处理与分析中具有非常重要的意义。下面是对这些图像特征的进一步描述。

1. 均值

图像的均值给出的是图像中平均灰度水平的估计,反应了图像的整体亮度情况。均值越大,图像的整体灰度越亮;均值越小,图像的整体灰度也越暗。

2. 标准差

图像的标准差反映了图像灰度相对于灰度均值的离散情况,在某种程度上,标准差也可用来评价图像反差的大小。标准差越大,图像的灰度级分布越分散,图像的反差也越大,越可以从图像中看出更多的信息;标准差越小,图像的灰度级分布越单调均匀,图像的反差越小,对比度越小,也就越看不出太多的信息。

3. 方差(二阶矩)

图像的方差给出的是图像灰度级对比度的度量,对比度越大,说明图像中背景与前景,或物体与周围背景的亮度差异越大;反之,对比度越小,说明图像中背景与前景,或物体与周围背景的亮度差异越小。

4. 三阶矩

图像的三阶矩给出的是图像直方图偏斜度的量度,用于确定直方图的对称性。当直方图向左倾斜时,三阶矩为负;当直方图向右倾斜时,三阶矩为正。

5. 平滑度

图像的平滑度给出的是图像纹理的平滑程度的度量,反映了图像中灰度的起伏程度。平滑度越小,说明图像灰度起伏越小,图像的纹理也就越平滑;反之,平滑度越大,说明图像灰度起伏越大,图像的纹理也就越粗糙。

图像的平滑度与图像的二阶矩成正比。

6. 一致性

图像的一致性给出的是图像中纹理的平滑程度的度量。一致性值越大(强),对应的图像就越平滑;反之,一致性值越小(弱),说明图像越粗糙。

可见,图像的一致性与图像的平滑度是反向的,一致性越大,平滑度越小;反之,则越大。

7. 图像的熵

图像的熵是对图像中灰度可变性的度量,对于一幅灰度不变的图像,其值为 0。

可见,图像的熵值与图像的一致性度量是反向的,图像的一致性越大,图像的熵值越小;反之,则越大。图像的熵值与图像的平滑度度量是同向的,图像的平滑度值越小,图像的熵值就越小;反之,则越大。

10.2　习题 10 解答

10.1　解释下列术语。

(1) 链码：是一种描述图像中目标区域边界的边界表示方法。在链码中，用数字表示按逆时针方向沿边界每前进一步(单位长度)时的方向：四方向链码表示东、北、西、南 4 个方向的数字依次为 0、1、2、3；8 方向链码表示东，东北，……，南，东南 8 个方向的数字为 0～7。这样，每个区域的边界就可以用一串数字来表示了。

(2) 多边形：是一种描述图像中目标区域边界的近似表示方法，是由一系列线段构成的封闭线段集合。在用多边形表示区域边界的方法中，主要有最小周长多边形法、聚合技术法和拆分技术法等。

(3) 标记：是一种利用一维函数表示图像中目标二维区域边界的表示方法。比较直观简单的方法是把质心到边界的距离作为角度的一维函数的表示方法。

(4) 边界线段：是一种按照一定的分段原则，将图像中目标区域边界进行分段表示的方法。对于边界线段含有一个或多个凹陷形状时，用凸壳概念对边界进行有效的分段。

(5) 形状数：是一种基于链码的反映图像中目标区域边界形状的描述子。形状数定义为具有最小值的一阶差分码，其值限定了可能的不同形状的数目。形状数的位数又称为形状数的阶，对于闭合边界来说，形状数的阶是偶数；对于凸形来说，形状数的阶对应于边界的基本矩形的周长。

(6) 统计矩：是一种利用一些简单的统计矩，如均值、方差和高阶矩等，来描述图像中目标区域边界的方法。在这种方法中，是将目标区域的边界看做一系列直线段，为了便于用这些统计矩表述，有时还需要将边界进行一定的旋转。

(7) 拓扑描述：是一种假设图像中的目标图形在没有撕裂和折叠的情况下，利用那些不受任何图形变换影响的拓扑性质来描述图像平面区域整体特性的方法。拓扑描述方法不依赖于距离概念，对于描述目标图形中的孔洞、连通分量这样的重要拓扑特性很有用处。

10.2　简述目标表示与描述的目的与意义。

答：图像中目标的表示和描述从两个不同的角度反映了目标的几何性质。目标表示侧重于数据结构，而目标描述则侧重于目标的区域特性和不同区域之间的联系与差别。

目标表示与描述用于进一步描述图像分割得到的区域。目标的表示和描述方法不仅可以用于图像处理和图像分析系统对图像处理和分析结果的描述，而且可作为对图像进行进一步分类或进行语义解释的依据。

10.3　写出图 10-1 所示边界的 4 方向链码和 8 方向链码。

答：假设边界链码的起始点是图中最上面自左至右的第一个边界点(第 1 行网格线与第 4 列网格线的交点)，则该图的四方向链码是：0303333323222111111010，八方向链码是：0676665543222211。

10.4　用形状数描述图 10-2 所示边界。

解：(1) 根据给定图形的曲线离心率与边界的基本矩形最近似的原则确定阶数为 15＝3×5 方框，如图 10-3(a)所示。

(2) 依据阶 15，确定与之最接近的方框数和确定网格，如图 10-3(b)所示。

（3）求出边界近似多边形，如图 10-3(c)和图 10-3(d)所示。

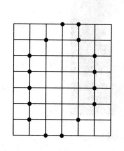

图 10-1 习题 10.3 图

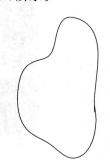

图 10-2 习题 10.4 图

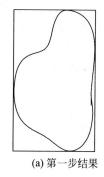

(a) 第一步结果 (b) 第二步结果

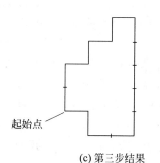

(c) 第三步结果

(d) 4 方向链码

图 10-3 习题 10.4 的计算过程

（4）按照如图 10-3(d)的 4 方向链码，可得：

链码为 1101010333332212

一阶差分 3031313300003031

形状数 0000303130313133

10.5 写出图 10-4 区域的四叉树表示。

解：本题图的四叉树如图 10-5 所示。

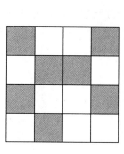

图 10-4 习题 10.5 图

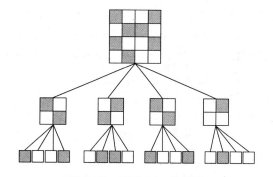

图 10-5 习题 10.5 的结果

10.6 编程实现 10.3.3 节介绍的细化算法，并求出图 10-6 的骨架表示。

答：下面是 10.3.3 节的细化算法的 VC++语言程序。

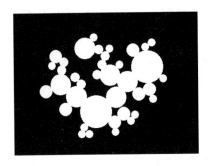

图 10-6　习题 10.6 图

细化过程由 ThinDIB 函数实现如下：

```
/********************************************************************************
 * 函数名称:
 *   ThinDIB()
 * 参数:
 *   LPSTR lpDIBBits              - 指向源 DIB 图像指针
 *   LONG  lWidth                 - 源图像宽度(像素数,必须是 4 的倍数)
 *   LONG  lHeight                - 源图像高度(像素数)
 * 返回值:
 *   BOOL                         - 闭运算成功返回 TRUE,否则返回 FALSE
 * 说明:
 * 该函数用于对图像进行细化运算
 ******************************************************************************** /
BOOL CDibImage::ThiningDIB(LPSTR lpDIBBits, LONG lWidth, LONG lHeight)
{
    LPSTR lpSrc;                    //指向源图像的指针
    BOOL bModified;                 //脏标记
    long i,j;                       //循环变量
    unsigned char pixel;            //像素值
unsigned char neighbour[10];        //相邻区域像素值
    bModified = TRUE;
//设置区域内的点为 1,背景点为 0;
    for(j = 1; j < lHeight - 1; j++ )
    {
        for(i = 1;i < lWidth - 1; i++ )
        {
            lpSrc = (char * )lpDIBBits + lWidth * j + i;
            pixel = (unsigned char) * lpSrc;
            if(pixel == 0)
            {
               * lpSrc = (unsigned char)1;
            }
            else * lpSrc = (unsigned char)0;
        }
    }
    //开始细化
    do
    {   int k;
```

```
unsigned char bp1,ap1;
bModified = false;
//由于使用 3×3 的结构元素,为防止越界,所以不处理外围的一行和一列像素
for(j = 1; j <lHeight - 1; j++)
{
    for(i = 1;i<lWidth - 1; i++)
    {
        //指向源图像倒数第 j 行,第 i 个像素的指针
        lpSrc = (char *)lpDIBBits + lWidth * j + i;
        //取得当前指针处的像素值,注意要转换为 unsigned char 型
        pixel = (unsigned char) * lpSrc;
        //如果源图像中当前点为背景点,则跳过
        if(pixel == 0)
        {
            continue;
        }
        //获得当前点相邻的 3×3 区域内像素值,背景点用 0 代表,区域点用 1 代表
        neighbour[0] = pixel;
        lpSrc = (char *)lpDIBBits + lWidth * (j + 1) + i;
        pixel = (unsigned char) * lpSrc;
        neighbour[9] = neighbour[1] = pixel;
        lpSrc = (char *)lpDIBBits + lWidth * (j + 1) + i + 1;
        pixel = (unsigned char) * lpSrc;
        neighbour[2] = pixel;
        lpSrc = (char *)lpDIBBits + lWidth * j + i + 1;
        pixel = (unsigned char) * lpSrc;
        neighbour[3] = pixel;
        lpSrc = (char *)lpDIBBits + lWidth * (j - 1) + i + 1;
        pixel = (unsigned char) * lpSrc;
        neighbour[4] = pixel;
        lpSrc = (char *)lpDIBBits + lWidth * (j - 1) + i;
        pixel = (unsigned char) * lpSrc;
        neighbour[5] = pixel;
        lpSrc = (char *)lpDIBBits + lWidth * (j - 1) + i - 1;
        pixel = (unsigned char) * lpSrc;
        neighbour[6] = pixel;
        lpSrc = (char *)lpDIBBits + lWidth * j + i - 1;
        pixel = (unsigned char) * lpSrc;
        neighbour[7] = pixel;
        lpSrc = (char *)lpDIBBits + lWidth * (j + 1) + i - 1;
        pixel = (unsigned char) * lpSrc;
        neighbour[8] = pixel;
        for(k = 1;k<9;k++)
                if(neighbour[k]! = 0) neighbour[k] = 1;//将非 0 点设置为 1
        if(neighbour[1]&&neighbour[3]&&neighbour[5]&&neighbour[7]) continue;
        //逐个判断条件
        //判断条件 1 :2≤NZ(P1)≤6
        bp1 = 0;
        for (k = 1;k<9;k++) bp1 += neighbour[k];
        if(bp1<2||bp1>6) continue;
        //判断条件 2:T(P1) = 1
```

```
                ap1 = 0;
                for (k = 1;k<9;k++)
                    if(neighbour[k] == 0&&neighbour[k + 1] == 1)ap1 ++ ;
                if(ap1! = 1) continue;
                //判断条件 3: P2. P4. P6 = 0
                if(neighbour[1]&&neighbour[3]&&neighbour[5]) continue;
                //判断条件 4: P4. P6. P8 = 0
                if(neighbour[3]&&neighbour[5]&&neighbour[7]) continue;
                //4 个条件符合,则标记
                lpSrc = (char * )lpDIBBits + lWidth * j + i;
                * lpSrc = (unsigned char)3;
            }
        }
    //标记点值改为 0
    for(j = 0; j <lHeight - 1; j++ )
    {
        for(i = 0;i <lWidth - 1; i++ )
        {
            lpSrc = (char * )lpDIBBits + lWidth * j + i;
            pixel = (unsigned char) * lpSrc;
            if(pixel == 3)
            {
                * lpSrc = (unsigned char)0;
                bModified = TRUE;
            }
        }
    }
    if(bModified = false)break;
    bModified = false;

    //第二次检验
    for(j = 1; j <lHeight - 1; j++ )
    {
        for(i = 1;i<lWidth - 1; i++ )
        {
            //指向源图像第 j 行,第 i 个像素的指针
            lpSrc = (char * )lpDIBBits + lWidth * j + i;
            //取得当前指针处的像素值,注意要转换为 unsigned char 型
            pixel = (unsigned char) * lpSrc;
            //如果源图像中当前点为背景点,则跳过
            if(pixel == 0)continue;
            //获得当前点相邻的 3×3 区域内像素值,背景点用 0 代表,区域点用 1 代表
            neighbour[0] = pixel;
            lpSrc = (char * )lpDIBBits + lWidth * (j + 1) + i;
            pixel = (unsigned char) * lpSrc;
            neighbour[9] = neighbour[1] = pixel;
            lpSrc = (char * )lpDIBBits + lWidth * (j + 1) + i + 1;
            pixel = (unsigned char) * lpSrc;
            neighbour[2] = pixel;
            lpSrc = (char * )lpDIBBits + lWidth * j + i + 1;
            pixel = (unsigned char) * lpSrc;
```

```
            neighbour[3] = pixel;
            lpSrc = (char * )lpDIBBits + lWidth * (j - 1) + i + 1;
            pixel = (unsigned char) * lpSrc;
            neighbour[4] = pixel;
            lpSrc = (char * )lpDIBBits + lWidth * (j - 1) + i;
            pixel = (unsigned char) * lpSrc;
            neighbour[5] = pixel;
            lpSrc = (char * )lpDIBBits + lWidth * (j - 1) + i - 1;
            pixel = (unsigned char) * lpSrc;
            neighbour[6] = pixel;
            lpSrc = (char * )lpDIBBits + lWidth * j + i - 1;
            pixel = (unsigned char) * lpSrc;
            neighbour[7] = pixel;
            lpSrc = (char * )lpDIBBits + lWidth * (j + 1) + i - 1;
            pixel = (unsigned char) * lpSrc;
            neighbour[8] = pixel;
            for(k = 1;k<9;k++ )
                    if(neighbour[k]! = 0) neighbour[k] = 1;//将非 0 点设置为 1
            if(neighbour[2]&&neighbour[4]&&neighbour[6]&&neighbour[8]) continue;
            //逐个判断条件
            //判断条件 1 : 2≤NZ(P1)≤6
            bp1 = 0;
             for (k = 1;k<9;k++ ) bp1 += neighbour[k];
             if(bp1<2||bp1>6) continue;
             //判断条件 2: T(P1) = 1
            ap1 = 0;
            for (k = 1;k<9;k++ )
                if(neighbour[k] = = 0&&neighbour[k + 1] = = 1) ap1 ++ ;
            if(ap1! = 1) continue;
            //判断条件 5: P2.P4.P8 = 0
            if(neighbour[1]&&neighbour[3]&&neighbour[7]) continue;
            //判断条件 6: P2.P6.P8 = 0
            if(neighbour[1]&&neighbour[5]&&neighbour[7]) continue;
            //4 个条件符合,则标记
            lpSrc = (char * )lpDIBBits + lWidth * j + i;
             * lpSrc = (unsigned char)3;
        }
    }
 //标记点值改为 0
for(j = 0; j <lHeight - 1; j++ )
 {
     for(i = 0;i <lWidth - 1; i++ )
     {
         lpSrc = (char * )lpDIBBits + lWidth * j + i;
         pixel = (unsigned char) * lpSrc;
         if(pixel = = 3)
         {
```

```
                * lpSrc = (unsigned char)0;
                bModified = TRUE;
            }
        }
    }


    }while(bModified);
//标记图像边界所有点为背景点
 for(j = 1; j <lHeight; j++ )
 {   lpSrc = (char * )lpDIBBits + lWidth * j + 0;
     * lpSrc = (unsigned char)0;
     lpSrc = (char * )lpDIBBits + lWidth * j + lWidth - 1;
     * lpSrc = (unsigned char)0;
 }
 for(i = 1; i <lWidth; i++ )
 {   lpSrc = (char * )lpDIBBits + i;
     * lpSrc = (unsigned char)0;
     lpSrc = (char * )lpDIBBits + lWidth * lHeight + i;
     * lpSrc = (unsigned char)0;
 }
//消去标记点
     for(j = 0; j <lHeight; j++ )
     {
         for(i = 0;i <lWidth; i++ )
         {
             lpSrc = (char * )lpDIBBits + lWidth * j + i;
             pixel = (unsigned char) * lpSrc;
             if(pixel == 0)
                 * lpSrc = (unsigned char)255;
             else * lpSrc = (unsigned char)0;
         }
     }
    return true;
}
```

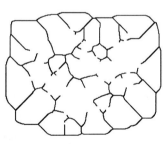

图 10-7   习题 10.6 的图像细化
实验结果

本题图细化后的结果如图 10-7 所示。

10.7   选择几幅纹理图像,分别用统计方法和频谱方法进行描述,并对照各描述子的性质分析得到的结果。

答:(1)统计方法是利用图像的灰度级直方图的统计矩来对区域的纹理特征进行描述。利用统计法可以定量地描述区域的平滑、粗糙、规则性等纹理特征。

下面利用图 10-8,即主教材中的图 10.21,进行说明。

图 10-8(a)为原图像,图中白框标出了三处纹理区域,截取后如图 10-8(b)、(c)、(d)所示。表 10-1 列出了图 10-8(b)、(c)、(d)的均值、标准差、平滑度描述子 R,三阶矩、一致性、熵等特征的计算结果。

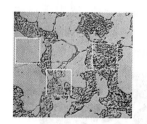　　　　

(a) 原图像　　　　(b) 纹理区域1　(c) 纹理区域2　(d) 纹理区域3

图 10-8　区域纹理描述示例

表 10-1　图 10-8(b)、(c)、(d)的纹理描述子计算结果

纹理	均值	标准差	平滑度 R	三阶矩	一致性	熵
图(b)	190.8927	17.1283	0.0045	−0.4939	0.0639	4.4521
图(c)	167.6592	49.1318	0.0358	−2.3640	0.0132	7.0354
图(d)	152.6835	66.8056	0.0642	−2.5118	0.0052	7.7865

分析表中的结果可知以下几点：

① 均值。图像的均值给出的是图像区域的平均灰度水平的估计,反映了图像的整体亮度情况。均值越大,图像的整体灰度越亮；均值越小,图像的整体灰度也越暗。图 10-8(b)的均值最大,它的整体灰度也最亮；图 10-8(d)的均值最小,它的整体灰度也最暗；图 10-8(c)的均值介于两者之间,它的整体亮度也正好介于两者之间。

② 标准差。图像的标准差反映了图像灰度相对于灰度均值的离散情况。标准差越大,图像的灰度级分布越分散,图像的反差也越大,可以从图像中看出越多的信息；标准差越小,图像的灰度级分布越单调均匀,图像的反差越小,对比度越小,也就越看不出太多的信息。图 10-8(b)的标准差最小,其灰度级分布显然最均匀；图 10-8(d)的标准差最大,其灰度级的分布显然越分散；图 10-8(c)的标准差介于两者之间,它的灰度分散程度也正好介于两者之间。

③ 平滑度。图像的平滑度给出的是图像纹理的平滑程度的度量,反映了图像中灰度的起伏程度。平滑度越小,说明图像灰度起伏越小,图像的纹理也就越平滑；反之,平滑度越大,说明图像灰度起伏越大,图像的纹理也就越粗糙。图 10-8(b)的平滑度最小,显然最平滑；图 10-8(d)的平滑度最大,显然其最不平滑；图 10-8(c)的平滑度介于两者之间,它的平滑度也正好介于两者之间。

④ 三阶矩。图像的三阶矩给出的是图像直方图偏斜度的量度,用于确定直方图的对称性。当直方图向左倾斜时,三阶矩为负；当直方图向右倾斜时,三阶矩为正。显然,图 10-8(b)、(c)、(d)相对偏暗,其直方图均向左倾斜,三阶矩均为负值,且三者的倾斜度依次变差。

⑤ 一致性。图像的一致性给出的是图像中纹理的平滑程度的度量。一致性值越大(强),对应的图像就越平滑；反之,一致性值越小(弱),说明图像就越粗糙。图 10-8(b)、(d)、(c)三者的平滑度值显然满足这个规律。

⑥ 图像的熵。图像的熵是对图像中灰度可变性的度量,对于一幅灰度不变的图像,其值为 0。显然,图 10-8(b)的熵最小,其灰度值的变化性最小,最光滑；图 10-8(c)的熵最大,其灰度值的变化性最大,最不光滑。

（2）频谱方法是利用傅里叶频谱对纹理进行描述的方法，适用于描述图像中的具有一定周期性或近似周期性的纹理，可以分辨出二维纹理模式的方向性。

下面以图 10-9，即主教材中的图 10.23，进行说明。

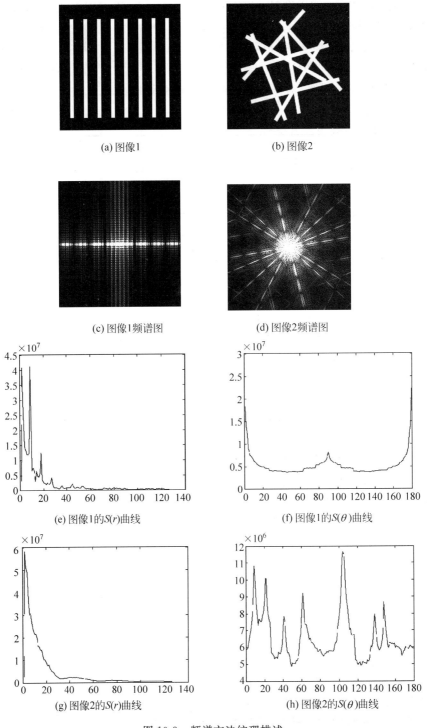

(a) 图像1　　　　　　　　(b) 图像2

(c) 图像1频谱图　　　　　　(d) 图像2频谱图

(e) 图像1的$S(r)$曲线　　　　　　(f) 图像1的$S(\theta)$曲线

(g) 图像2的$S(r)$曲线　　　　　　(h) 图像2的$S(\theta)$曲线

图 10-9　频谱方法纹理描述

　　图 10-9(a)、(b)为原纹理图像。图 10-9(c)、(d)分别为图 10-9(a)、(b)的频谱图像。由于图 10-9(a)中的白色长条为水平方向排列，边缘为垂直方向，对应频谱图像的图 10-9(c)中的频谱能量集中在水平轴上；图 10-9(b)中的白长条为杂乱排列，对应频谱图 10-9(d)中的频谱能量以原点为中心向四周发射。图 10-9(e)、(f)和(g)、(h)分别为图 10-9(a)和 10-9(b)的 $S(r)$ 曲线和 $S(\theta)$ 曲线，$S(r)$ 曲线可用于反映图像中纹理的周期性。在图 10-9(e)中可以看到，由于白色长条呈周期性排列，对应的 $S(r)$ 曲线有多个峰值，而图 10-9(b)中的白色长条杂乱排列，无较强的周期分量，对应图 10-9(g)中的 $S(r)$ 曲线只在直流分量的起始位置有一个峰值。在图 10-9(a)中的 $S(\theta)$ 曲线图 10-9(f)中的原点区域附近 $\theta=90°$ 和 $\theta=180°$ 处有较强的能量分布，这与图 10-9(c)求得的结果是一致的。同理可以看出图 10-9(h)求得的结果与图 10-9(d)也是一致的。

参 考 文 献

[1] 李俊山,李旭辉. 数字图像处理. 北京:清华大学出版社,1997.

[2] (美)Wesley E Snyder,Hairong Qi. 机器视觉教程. 林学訚,崔锦实,赵清杰,译. 北京:机械工业出版社,2005.

[3] 孙即祥. 图像分析. 北京:科学出版社,2005.

[4] 崔屹. 图像处理与分析数学形态学方法及应用. 北京:科学出版社,2002.

读者意见反馈

亲爱的读者：

感谢您一直以来对清华版计算机教材的支持和爱护。为了今后为您提供更优秀的教材，请您抽出宝贵的时间来填写下面的意见反馈表，以便我们更好地对本教材做进一步改进。同时如果您在使用本教材的过程中遇到了什么问题，或者有什么好的建议，也请您来信告诉我们。

地址：北京市海淀区双清路学研大厦 A 座 602 室　计算机与信息分社营销室　收

邮编：100084　　　　　　　　电子信箱：jsjjc@tup.tsinghua.edu.cn

电话：010-62770175-4608/4409　　　邮购电话：010-62786544

教材名称：数字图像处理——教学指导与习题解答

ISBN：978-7-302-19667-9

个人资料

姓名：＿＿＿＿＿＿＿＿　年龄：＿＿＿＿＿所在院校/专业：＿＿＿＿＿＿＿＿＿

文化程度：＿＿＿＿＿＿　通信地址：＿＿＿＿＿＿＿＿＿＿＿＿＿＿＿＿

联系电话：＿＿＿＿＿＿　电子信箱：＿＿＿＿＿＿＿＿＿＿＿＿＿＿＿

您使用本书是作为：□指定教材 □选用教材 □辅导教材 □自学教材

您对本书封面设计的满意度：

□很满意 □满意 □一般 □不满意　改进建议＿＿＿＿＿＿＿＿＿＿＿＿＿

您对本书印刷质量的满意度：

□很满意 □满意 □一般 □不满意　改进建议＿＿＿＿＿＿＿＿＿＿＿＿＿

您对本书的总体满意度：

从语言质量角度看　□很满意 □满意 □一般 □不满意

从科技含量角度看　□很满意 □满意 □一般 □不满意

本书最令您满意的是：

□指导明确 □内容充实 □讲解详尽 □实例丰富

您认为本书在哪些地方应进行修改？（可附页）

＿＿＿＿＿＿＿＿＿＿＿＿＿＿＿＿＿＿＿＿＿＿＿＿＿＿＿＿＿＿＿＿＿

＿＿＿＿＿＿＿＿＿＿＿＿＿＿＿＿＿＿＿＿＿＿＿＿＿＿＿＿＿＿＿＿＿

您希望本书在哪些方面进行改进？（可附页）

＿＿＿＿＿＿＿＿＿＿＿＿＿＿＿＿＿＿＿＿＿＿＿＿＿＿＿＿＿＿＿＿＿

＿＿＿＿＿＿＿＿＿＿＿＿＿＿＿＿＿＿＿＿＿＿＿＿＿＿＿＿＿＿＿＿＿

电子教案支持

敬爱的教师：

为了配合本课程的教学需要，本教材配有配套的电子教案(素材)，有需求的教师可以与我们联系，我们将向使用本教材进行教学的教师免费赠送电子教案(素材)，希望有助于教学活动的开展。相关信息请拨打电话 010-62776969 或发送电子邮件至 jsjjc@tup.tsinghua.edu.cn 咨询，也可以到清华大学出版社主页(http://www.tup.com.cn 或 http://www.tup.tsinghua.edu.cn)上查询。

高等学校教材·计算机科学与技术
系列书目

书 号	书 名	作 者
9787302103400	C++程序设计与应用开发	朱振元等
9787302135074	C++语言程序设计教程	杨进才等
9787302140962	C++语言程序设计教程习题解答与实验指导	杨进才等
9787302124412	C语言程序设计教程习题解答与实验指导	王敬华等
9787302162452	Delphi程序设计教程(第2版)	杨长春
9787302091301	Java面向对象程序设计教程	李发致
9787302159148	Java程序设计基础	张晓龙等
9787302158004	Java程序设计教程与实验	温秀梅等
9787302133957	Visual C#.NET程序设计教程	邱锦伦等
9787302118565	Visual C++面向对象程序设计教程与实验	温秀梅等
9787302112952	Windows系统安全原理与技术	薛质
9787302133940	奔腾计算机体系结构	杨厚俊等
9787302098409	操作系统实验指导——基于Linux内核	徐虹等
9787302118343	Linux操作系统原理与应用	陈莉君等
9787302148807	单片机技术及系统设计	周美娟等
9787302097648	程序设计方法解析——Java描述	沈军等
9787302086451	汇编语言程序设计教程	卜艳萍等
9787302147640	汇编语言程序设计教程(第2版)	卜艳萍等
9787302147626	计算机操作系统教程——核心与设计原理	范策等
9787302092568	计算机导论	袁方等
9787302137801	计算机控制——基于MATLAB实现	肖诗松等
9787302116134	计算机图形学原理及算法教程(Visual C++版)	和青芳
9787302137108	计算机网络——原理、应用和实现	王卫亚等
9787302126539	计算机网络安全	刘远生等
9787302116790	计算机网络实验	杨金生
9787302153511	计算机网络实验教程	李馥娟等
9787302143093	计算机网络实验指导	崔鑫等
9787302118664	计算机网络基础教程	康辉
9787302139201	计算机系统结构	周立等
9787302134398	计算机原理简明教程	王铁峰等
9787302111467	计算机组成原理教程	张代远
9787302130666	离散数学	李俊锋等
9787302104292	人工智能(AI)程序设计(面向对象语言)	雷英杰等
9787302141006	人工智能教程	金聪等
9787302136064	人工智能与专家系统导论	马鸣远
9787302093442	人机交互技术——原理与应用	孟祥旭等
9787302129066	软件工程	叶俊民

书　号	书　　名	作　者
9787302162315	软件体系结构设计	李千目等
9787302117186	数据结构——Java 语言描述	朱战立
9787302093589	数据结构(C 语言描述)	徐孝凯等
9787302093596	数据结构(C 语言描述)学习指导与习题解答	徐孝凯等
9787302079606	数据结构(面向对象语言描述)	朱振元等
9787302099840	数据结构教程	李春葆
9787302108269	数据结构教程上机实验指导	李春葆
9787302108634	数据结构教程学习指导	李春葆
9787302112518	数据库系统与应用(SQL Server)	赵致格
9787302149699	数据库管理与编程技术	何玉洁
9787302155409	数据库技术——设计与应用实例	岳昆
9787302160151	数据库系统教程	苑森淼等
9787302106319	数据挖掘原理与算法	毛国君
9787302126492	数字图像处理与分析	龚声蓉
	数字图像处理与图像通信	蓝章礼
9787302146032	数字图像处理	李俊山等
9787302146032	数字图像处理	李俊山等
9787302124375	算法设计与分析	吕国英
9787302103653	算法与数据结构	陈媛
9787302150343	UNIX 系统应用编程	姜建国等
9787302136767	网络编程技术及应用	谭献海
9787302150503	网络存储导论	姜宁康等
9787302148845	网络设备配置与管理	甘刚等
9787302071310	微处理器(CPU)的结构与性能	易建勋
9787302109013	微机原理、汇编与接口技术	朱定华
9787302140689	微机原理、汇编与接口技术学习指导	朱定华
9787302145257	微机原理、汇编与接口技术实验教程	朱定华
9787302128250	微机原理与接口技术	郭兰英
9787302084471	信息安全数学基础	陈恭亮
9787302128793	信息对抗与网络安全	贺雪晨
9787302112358	组合理论及其应用	李凡长
9787302154211	离散数学	吴晟 等